Tsugumi & Sakutaro
「おやすみなさい、また明日」

つぐみは朔太郎の首に腕を巻きつけて、
自分から深いキスをした。
唇だけじゃなく、頬や目の上にもした。
くせのない髪を指で梳きながら、
厚めの耳たぶを一度だけ強めに噛むと、
朔太郎が驚いたように身体を竦めた。
その反応につぐみは笑った。
（本文 P.105より）

おやすみなさい、また明日

凪良ゆう

キャラ文庫

この作品はフィクションです。
実在の人物・団体・事件などにはいっさい関係ありません。

目次

口絵・本文イラスト／小山田あみ

おやすみなさい、また明日

驚きすぎると頭が真っ白になると言うけれど、そんなことはなくて、思考が停止してしまうだけだ。言われたことや置かれた状況は、そのままの形で自分の頭の中にある。

「つぐみ、聞いてる?」

道端の石のように動かないつぐみを、仲仁《しんじ》が気遣うようにのぞき込む。

仲仁と自分が座っているソファは、去年の秋に買い換えたばかりのものだ。かなり予算をオーバーしていたが、ものがいいから長く使えると言い張って仲仁は譲らなかった。あれからまだ半年しか経ってない。なのに、別れてほしいとはどういうことだろう。

「なんで?」

ようやく、それだけ聞けた。

「子供がほしいんだ」

つぐみはまばたきをした。それがきっかけになったかのように、停止していた思考が動き出す。それがあまりに無軌道で、落ち着けと自分に言い聞かせても無駄だった。

なんとなくあたりを見回すが、自分を助けてくれそうなものはどこにもない。いつも助けてくれるはずの恋人は、つぐみが溺《おぼ》れている様子を困ったように向こう岸から見ている。

「……そんなこと、急に言われても」

「急じゃない。ずっと考えた」

「ずっと？」

思わず問い返した。去年の秋に新しいソファを買ったのに？　先月は二駅先の植物園が見ごろなので行こうと話していたのに？　先週は出張先のみやげを買ってきてくれたのに？　喧嘩《けんか》もせず平穏に暮らしながら、仲仁は別れることを考えていたんだろうか。

「でも、子供のことは最初からわかってることだろう」

男同士で子供を作れないなんて常識だ。

「若いころと今じゃ考えも変わるから」

「そんなの今さら……」

「つぐみを嫌いになったわけじゃないんだ」

ふっと希望を呈示されて、問い詰める口を塞《ふさ》がれた。

「つぐみとは十年もつきあって、そのうち九年一緒に暮らした。俺にとってつぐみは恋人以上の家族みたいなものだ。今さら好きだ嫌いだの理由で別れるはずがない」

強い口調にホッとした。嫌いじゃないなら考え直せるんじゃないか。荒れる大海原に小さな木ぎれを見つけ、つぐみは馬鹿みたいにそれにつかまった。

「嫌いじゃないなら——」

「でも、それと子供のことは問題が違うから」

「なんで？」

仲仁が眉《まゆ》をひそめた。どきりとする。

「つぐみは産めないだろう？」

当たり前すぎて、怒ることも忘れた。

「……そりゃあ、俺は今も昔もこれからも男だしね」

仲仁とつきあいはじめたときも男だった。男だからゲイの仲仁と恋ができた。それを今度は男だから駄目だと言う。身勝手すぎる言いように怒りよりも戸惑いが先に立つ。

「ずるいよ、仲仁」

「わかってる」

「わかってない。だってそんなこと言われたって俺にはどうしようもできない。ゲイのカップルなんだから、そういう問題は若いうちから自分で自分を納得させるものだろう。その上でパートナーを見つけていくものだろう。それを今さら――」

「つぐみにはわからない」

苛立《いらだ》たしそうにさえぎられた。

「二十代で作家デビューして、年中家にこもって仕事してるつぐみと違って、俺は営業マンで毎日色んな人に会う。今年三十七で、その年代だと挨拶《あいさつ》みたいに『お子さんは？』って聞かれるんだよ。会社の同期だってもうほとんど子持ちだ。飲み会になったらそこでも子供の話ばっかりで、『おまえんとこはまだ?』だ。ひとつひとつは小さくても、何度も聞かれると自分が半人前というか、劣ってる人間みたいな気がしてうんざりしてくるんだ」

仲仁はどんどん早口になっていく。

「親にも悪いと思う。俺はひとり息子だし、隣の誰それちゃんが子供産んだとか、もう幼稚園だとか嬉《うれ》しそうに他人の孫の話して、けど別に俺に催促してくるわけでもなく、そういう親を見るのって意外と痛いもんだよ。そういうのつぐみにはわからな——」

ふっと仲仁が口を閉じた。

「……ごめん、言いすぎた」

「いいよ」

つぐみは目を伏せた。つぐみに親はいない。母親はつぐみを産んですぐ、父親はつぐみが大学生のときに病気で他界した。どちらの親戚ともつきあいはないので、確かに身内からのプレッシャーを言われるとわからない。けれど、だからと言って気楽なわけじゃない。

「頼むから、わかってほしい」

「わからない。俺にも俺の気持ちがある」

「気持ちの話じゃない」

「は?」

つぐみは首をかしげた。

「別れ話が気持ちの話じゃないなら、なんの話？」

「子供のことだし……年齢的に急ぎたい」

「それは、つまり、結婚して、子供を作るってこと？」

仲仁は答えなくて、ようやく、じわりと染みのように怒りが広がった。

十年共に過ごした恋人に別れを告げる場でそれを言うのかと。けれどこうなったら仲仁は折れないことも長いつきあいでわかっていた。ソファと一緒で、ほしいものは今すぐほしい。我慢ができない子供のような男なのだ。好きな間は一途に気持ちを注ぐけれど、もっといいものを見つけたら一瞬でそちらに向いてしまう。怒りと脱力で溜息《ためいき》の水位が上がる。

「子供はものじゃない。途中で飽きても捨てられないよ」

「わかってる」

「わかってない」

「でも、もう決めたから」

ふいに仲仁が立ち上がった。つぐみを見もしないで寝室へ行ってしまう。恐る恐る追いかけると、仲仁はクロゼットからスーツケースを出し、身の回りの荷物をまとめていた。

「……なに？」

「こんな状況で一緒に暮らせないだろう」

「俺、まだ納得してないよ」

「でももう待てない」

「もうって、今夜いきなりの話だろう」

話をする間にも荷物はまとめられ、伸仁は玄関に向かった。

「マンションの家賃は俺が払うから、つぐみは心配しないでいいよ。でもなるべく早く部屋を見つけてほしい。引っ越しが決まったら連絡してくれ」

それ以外は連絡するなという意味だろうか。

「伸仁」

「なに?」

伸仁が振り向いたけれど、なにも言えなかった。

家賃なんて、こんなときになぜそんな現実的なことに気が回るんだろう。ああ、別れを切り出した方だからか。伸仁には考える時間があった。でも自分には余裕がない。余裕のない相手に、どんどん自分の言いたいことだけ突きつける。そういうのはずるいんじゃないか。

言いたいことがあるのに、ありすぎて言葉にならない。今以上に悪いことなどないと思いながら、なにか言うことでもっと悪いことが起きそうで怖いなんて矛盾している。

「じゃあ、行くから」

沈黙に耐えかねたように、伸仁は出て行ってしまった。

ひとり残された扉の内側で、つぐみはぼんやりと立ち尽くした。

二十五で出会い、十年のうち九年を共に暮らした恋人から別れ話を告げられ、ろくな話し合いもなく、その日のうちに出て行かれてしまった。後ろからいきなり切りつけられ、助けも呼んでもらえず、そのまま道に捨て置かれた死体のような気分だった。

『すいません、ちょっと進まなくて』

相手には見えないのに、携帯電話を手につぐみは頭を下げた。来月の小説『新波《しんぱ》』に載る予定の中編小説は今日が〆切りなのだが、半分ほどしか進んでいない。

『なにか迷っちゃった？　打ち合わせはいい感じだったのに』

デビュー以来八年のつきあいになる担当編集の中西《なかにし》が問う。こういうとき、中西はけして急《せ》かさない。急かせば急かすほど、つぐみは書くのが遅くなるタイプの作家だと知っているからだ。しかしその裏で中西が焦っているのは当然で、余計に申し訳なくなる。

『……そういうんじゃないんですけど』

つきあいが長い中西は、つぐみがゲイだということも、伸仁と暮らしていることも知っているが、恋愛事で原稿を落としかけているとはさすがに言いにくい。

『本当にすいません。週明けにはなんとか形にするんで』

『うん。迷ってるならいつでも言って。一緒に考えよう』

『ありがとうございます』

つぐみはもう一度頭を下げて携帯を切った。

溜息をついてパソコンに向かい、キーボードに手をかけてみる。

ふと目に入った左手の薬指にどきりとした。九年間、ずっとそこにあった指輪がないことにまだ慣れない。素の指を見ると、どこに行ったのかと一瞬ハッとしてしまう。

薄い手の甲から続く手首には丸い骨が浮き上がっている。元々痩《や》せ型だったけれど、最近は食事を抜きがちでさらに痩せた。夜に鏡で見ると、幽霊みたいで怖いときがある。

視界にかかる前髪もうっとうしい。そろそろ切りに行こうと思っていたのに、伸仁と別れて以来面倒でそのままだった。うなじにまとわる髪にそっと触れてみる。

――つぐみは、髪は長めの方がいいな。

伸仁の言葉を思い出す。あのとき、つぐみは意外に思った。子供のころからおとなしげな顔立ちで、髪も猫っ毛で腰がない。だから長くすると全体的にぺったりしてさびしそうに見えるのだ。そう言うと、伸仁は笑いながら顔を寄せてきた。

――つぐみのうなじは細くて綺麗《きれい》だから、俺以外のやつに見せたくない。

内緒話をするように耳元でささやかれた。あれはまだつきあいはじめたころで……ああ、こんなことを考えている場合じゃなかった。

頭を振り、再びパソコンと向かい合った。静かな部屋で、浮かんでくるはずの言葉をじっと待つ。けれどこない。自分の中にあるはずの言葉が、いつまで待ってもたったのひとつも浮かんでこない。きれいさっぱり消滅してしまったみたいだ。どうしよう。すでに最初の〆切りをやぶっている。こんな状態で週明けに間に合うはずがない。

仲仁が出て行って一ヶ月が経った。電話には出ない。メールにはかろうじて返事が来る。それも荷物や家のことなど実務的なことのみで、心情的なことには一言も触れられていない。もう話し合う余地はないのだなと思い知らされるばかりの一ヶ月だった。

それでも仕事の〆切りはやってくるし、やり直す可能性がないなら新しく住むところも探さなくてはいけない。考えなくてはいけないこと、やらなくてはいけないことがうずたかく積み上がっていて、どこから手をつけていいのかわからない。その隙間にぷかぷか文字が浮いている。

あ、か、さ、た、な。

ち、り、ぬ、る、を、わ、か。

文章の形にまとまらない、ただばらけた文字をぼんやり追うことしかできない。

つぐみは二十七歳のとき、小説『新波』の新人賞をもらい作家デビューした。賞と名のつくものをもらったのはそのときだけで、あとは特にヒット作もない。

大きな事件は起こらず、心情描写に重点を置いた作風。つぐみの小説にはそれなりにファンがついているが、とにかく書くのが遅いので収入は低い。それでも勤めていた会社を辞め、自分の納得いくまで時間をかけて小説を書いてこられたのは、伸仁のおかげだった。

——生活の方はいいから、つぐみは好きな話を書けよ。

原稿に行き詰まると、伸仁はよくそう言ってくれた。

——甘えてたんだよなあ、俺も。

別れ話の理由はひどいと思ったし、それだけを取り出せば今でも納得できないけれど、自分にも甘えがあったことに気づかされた。それぞれ別々の事案を持ちだしてプラスとマイナスをわけていくと、恋愛関係に一方だけの過失というのはないようだ。

じゃあ一体、どのあたりからマイナスが増えていったんだろう。

十年も一緒に暮らしていたのに、伸仁の気持ちの変化に気づかなかった。

この十年間が、原因不明のミスで一瞬でデリートされたような気分だった。

伸仁とは、大学卒業後勤めていた会社の飲み会で知り合った。テンポの早い会話についていけず、うなずきながらみんなの話を聞いているばかりの途中、隣のテーブルに別の客としてきていた伸仁と幾度か目が合った。トイレに立ったときたまたま一緒になって、酔いが回ってふらついたつぐみを支えてくれたのがきっかけで名刺を渡された。たまたま一緒になったのではなく、つぐみがタイプだったから追いかけてきたのだとあとで教えられた。

パソコンの画面がスリープ状態に落ち、ハッと意識を引き戻した。

また伸仁のことを考えていた。仕事もできず、ただ空っぽの時間だけが過ぎていく。

無音のまま進んでいく時計を見ていると、焦りやさびしさに押しつぶされそうで、つぐみは逃げるように家を出た。ああ、もう今日はなにも考えたくない。酒でも飲むか。あまり強くないけれど、酔ってしまう方が楽なときもある。

見慣れた夕暮れの街で、楽しげに話をしている中学生たちとすれ違いながら、そういえば今日は中西と話をしたなと思った。最近は、誰とも話さずに一日が終わることが多い。一日で声を出したのが、スーパーのレジ係相手に「はい」「どうも」と会話でもないあいづちを打つだけだったりする。挨拶以外の言葉を発したのだから、今日はいつもよりマシだった。

仲仁と暮らしていたころも、こんな感じだった。仲仁の会社は忙しくて帰りも遅い。おはよう、いってらっしゃい、おかえり、おやすみだけの日々もあった。それでも今のようなさびしさを感じなかったのは、一つ屋根の下に仲仁の気配が満ちていたからだ。

油断すると増えていく洗濯待ちの衣服、汚れたふたり分の皿。生活費を多く負担してもらっている分、家事や食事はつぐみが受け持っていた。夫婦のような暮らしだった。

「こんな時間だし、今夜はもうピザでも取ろうか」

ふと風に流れてきた声に振り向き、目に映った光景に足を止めた。黄色と朱色に染まった街で、子供の手を引いて歩いている若い母親と父親。ただそれだけの、ありふれた家族の風景だった。そのなんでもない風景に、とてつもなく深く胸をえぐられた。

道の端にひとり突っ立ったまま、じわじわと薄ら寒いものが染み込んでくる。自分には親も親戚もいない。今までは伸仁が身内同然だったけれど、それももうない。

ひとりなんだな……と思った。

耳の奥で、ぴりりと架空の音がした。綴《つづ》りから一枚だけやぶり取られる便箋《びんせん》の音に似ている。薄っぺらく、軽く、どこにもつながれていない。そんなものに自分がなった気がした。


原稿は間に合わなくて、中西に謝りたおして掲載号を変えてもらえた。今回はなんとか大目に見てもらえたが、売れない作家で〆切りさえ守れないなんてことが続けばいずれ仕事はなくなるだろう。ゆるやかに落ちていくイメージが浮かぶ。

「じゃあ、また連絡します」

不動産会社を出ると、自然とうつむきがちになった。

かろうじて二十三区内。駅から遠いが近所に公園があって、なにより家賃が安い。夜遊びの趣味はなく、のんびりとした性格のつぐみには暮らしやすそうな街に思えたが、

――保証人か……。

部屋を借りるときには連帯保証人が必要だ。できれば親や親戚などの身内で、現役で収入があるのが望ましい。そんな身内はつぐみにはいない。その上、本人の仕事は収入不安定な売れない作家ときては、どこの不動産屋も歯切れが悪くなる。

手数料はかかるが、やはり保証会社を通すしかないか。伸仁が出て行って二ヶ月。約束通り家賃は振り込まれているけれど、やっぱり悪い気がして今月はつぐみも半分払った。

原稿も書けない状態で、それでも生活していくために支出ばかりが続く。このスランプはいつまで続くんだろう。もしかして、もう書けないんだろうか。ぞっとしたとき、足元にするりとやわらかなものが巻きついた。猫だ。青い目でつぐみを見上げている。

「どうしたの？」

つぐみはしゃがみ込んで首をかしげた。ブラッシングの行き届いた白とグレイの長毛。小さな耳がぺろんと垂れているのがかわいらしい。多分、スコティッシュフォールドだ。

猫はツンと不機嫌そうに、しかしつぐみの膝にちょんと自分の手を置く。くるしゅうないと言われているようで、つぐみはその子の手を軽くにぎった。そのとき、

「そのままで」

内緒話の声がした。見ると、ポロシャツにワークパンツ姿の若い男が立っていた。

「どうか、そのままでいてください」

猫を指さし、そろり、そろりと近づいてくる。多分飼い主さんだ。

あと少しというところで、気配を感じて猫が振り向いた。捕まえようとする男の手から逃れて、猫はつぐみの胸に飛びかかる勢いで逃げ込んでくる。自然、男とつぐみは対峙《たいじ》する形になった。痩せていてもつぐみは百七十八センチある。それよりも男は背が高い。

「ムームー、こっちおいで」

手を差し出す男に、猫は空気を裂くような威嚇音《いかくおん》で挑んだ。これは下手に手を出したら絶対に流血コースだ。男はあきらめて一歩下がり、困った顔でつぐみを見た。

「すみませんが、その子を家まで送ってあげてもらえませんか。すぐ近所なので」

「ああ、はい、いいですよ」

つぐみは猫を抱いたまま、男と並んで歩きだした。猫の家は本当にすぐ近所で、二分も歩かずに着いた。中からすっぴんが清潔な感じの若い女性が走り出てくる。

「ムームー、よかった。無事だったのね」

猫はわずかに名残惜しげな目をつぐみに向けてから、おとなしく女性の胸に抱かれた。女性は薄い封筒とベーカリーショップの袋を男に渡す。お疲れさまでした、ありがとうございました と頭を下げ合う女性と男の隣で、なぜかつぐみも頭を下げた。

「あの、お時間いただいてすみませんでした」

女性の家を出てから男が言った。

「お礼を――」

男が女性から受け取った封筒をポケットから出した。ちらりと札が見える。

「あ、いえいえ、結構です。すぐ近所だったんで」

会釈して行こうとしたが、男はつぐみの前に回り込んできた。

「じゃあ、これだけでも。ここのパンすごくおいしいんです」

ベーカリーショップの袋を差し出してくる。

「いや、でも、本当にちょっと抱っこしただけなんで」

「でもあなたがいなかったらムームーはもっと遠くに行ってたかもしれないし、事故に遭ったかもしれない。ムームーは箱入りだし、いざというときの機敏性に欠けるから」

「ああ、それは怖いですね」

思わず同意してしまった。

「でしょう。あ、なんでよかったらこれ一緒に食べませんか。今日天気もいいし」

男は袋を持ち上げ、道の向こうにある公園を目で指した。

普段人見知りな自分が素直にうなずけたのは、ずっと人恋しい日々が続いていたからだと思う。斜め前を歩き出した男の横顔を、やわらかな春の光が照らしている。

「遠藤告美《えんどうつぐみ》さんか。美しく告ぐ。きれいな名前ですね」

公園のベンチに並んで腰かけ、男は名刺をつぐみに渡した。

「荒野《あれの》さんは、なんでも屋さんなんですか」

荒野朔太郎《さくたろう》という名前の上に、お買い物からお引っ越しまで御用事なんでも承りますと刷ってある。家出したペットの捜索はよくある依頼で、ムームーもその中の一件だった。

「でも俺、動物の扱い下手みたいで」

照れ隠しの笑顔を浮かべる朔太郎は、つぐみよりもだいぶ年下に見える。二十代後半くらいか。人目を惹くほど整った顔立ちだが、涼しい目元のおかげで派手に見えない。笑うとやわらかい印象になるんだなと思いながら、紙袋を開ける清潔に切り揃えられた爪を見ていた。

「あ、おいしい」

ライ麦のサンドイッチには、ローストチキンがたっぷり挟まれていた。

「このパン屋、地元じゃ有名なんです。イギリス人の夫婦がやってて」

「ああ、ブルーベリージャムがそれっぽい」

つぐみはパンを指先で開いてみた。果物の甘みが肉の塩けを引き立てている。

「俺もこの組み合わせ好きなんですよ。鴨肉にマーマレードソースとか、酢豚にパイナップルも。うちの祖父《じい》ちゃんは『そういうのは好かん』の一言だけど」

「お年寄りは苦手そうですね」

「食べ物以外はハイカラ好きなんですけどね。アパートの造りだって——」

「アパート?」

「祖父ちゃんがやってるんです。アパートと下宿の中間みたいな感じで、八畳一間の古いとこだけど、窓が半円のステンドグラスになってたり、祖父ちゃんの趣味であちこち無駄に凝って

るんです。祖父ちゃんが大家もやってるんですけど、庭でこけて骨折して今は入院中。もう八十だからなかなか骨がくっつかなくて、今は俺が管理人を――」

「部屋、空いてませんか？」

思わず尋ねていた。

「え？」

「部屋を探してるんです。仕事はしてるんですけど、会社勤めじゃないんです。保証人になってくれるような親や身内もいなくて、でも家賃滞納とかは絶対にしません。あ、借金もありません」

早口で言うつぐみを見て、朔太郎はまばたきをした。ぽかんとした表情に、ハッと我に返る。初対面の相手に、自分はなにを言っているんだろう。

「すいません。俺、いきなりなにを――」

「あ、いえ。急だったんでちょっとビックリしただけです。うちは職種とか全然うるさくないですよ。会社勤めの人もいるけど、派遣や夜の仕事してる人もいるし、大家代理の俺からしてなんでも屋だし。えーっと、遠藤さんはなんのお仕事を？」

一瞬、返事に詰まった。人に職業を打ち明けるのは苦手だ。作家だと言うと多くの人は華やかな想像をするらしく、目を輝かせてペンネームを聞いてくる。けれど初版八千のマイナー作家など知らない人がほとんどで、教えてもお互い居たたまれない思いをする。

「……小説を、書いてます」

自然と声が小さくなった。

「え、作家さん？　すごい。なんて名前で書かれてるんです？」

やっぱり。けれどこの場合、言わないわけにはいかない。

「いとうつぐみ……です」

予想通り、沈黙が漂った。

「……いとうつぐみ？」

「あ、知らないですよね。いいんです。全然売れてないんで」

ははっと笑ってごまかそうとしたら、真顔の朔太郎と目が合った。

「いとう、つぐみ、さん？」

ぐっと眉根を寄せ、怒ったような顔でもう一度問われた。

「……あの？」

戸惑っていると、朔太郎は唐突にうつむいた。

「あ、す、すいません。ちょっと、今、どうしていいかわからなくて」

うつむいたままもごもごつぶやく朔太郎の耳がうっすら赤い。

「いや、まさかこんなところで会えると思ってなかったんで……。すみません、俺、以前からいとうつぐみの、いや、いとうさんのファンで」

朔太郎は顔を上げ、思いもよらないことを言われて固まっているつぐみを見つめた。

「初めて読んだのは『よる、ひかる』で、今でもあれが一番好きです」

「え、あれ?」

意外だった。『よる、ひかる』はつぐみの作品の中でも群を抜いて重く、好き嫌いがはっきりとわかれる。目の前の人のよさそうな男とはあまり接点がなさそうな気がしたのだ。

病的に潔癖症の男の話で、濡《ぬ》れたタイルの上を歩けない、と小学校の水泳の授業をリタイアしたのをはじまりに、成長と共にどんどん触れないものが増えていき、最後、主人公は半径一メートルの円の中から出られなくなる。けれど主人公はその守られた円の中でようやく安心し、窮屈な体勢で心の底から寛《くつろ》いで眠れる。

救いがなさすぎると辛口の批評も浴びたけれど、誰かが不幸だと思うことを幸せだと感じる人間がいてもいいいし、『よる、ひかる』はそれを極端に書いた話だった。

「あの話、最後まで病気は治らないままでしたよね。周りの人ももう諦《あきら》めてて、状況はなにも良くなってなくて、どっちかっていうと悪化してて、でも本人は幸せそうで、読んでるこっちもそれでいいのかって疑問なんだけど、強い人のことも弱い人のことも否定してなくて、そういうのがいいなって思いました。どんなやつでもそこにいてもいいいんだなって」

朔太郎があまりに勢い込んで話すものだから、著者であるつぐみの方が、はい、はい、とうなずくしかできないというおかしな状況になった。

「ああいう病気の人、自分のすぐ隣にいてもおかしくないのに、俺、それまでそんな人がいるって深く考えたことがなかった。でもそういえば学生のとき、吊り革触れないやついたこと思い出したんです。本を読んだとき、ちょうど俺自身も色々悩んでる時期で――」

朔太郎はふっと言葉を切った。

「うまく言えないけど、あのとき、あの本に出会えてよかったです」

うつむきがちに噛《か》みしめるような告白だった。

「あ、ありがとうございます」

つぐみは慌てて頭を下げた。そんな風に言ってもらえて、こっちが嬉しくて泣きそうだ。書くことはつぐみにとって、自分を小さく切り刻んで、別のもうひとつのつぐみを作っていくようなものだ。それはつぐみ自身から生まれたのでつぐみに似ていて、けれどつぐみそのものではなく、褒められると喜び、貶《けな》されると傷つくという単純な心を持っている。

「あー……、まさか本人に会えるなんて思わなかった」

朔太郎は目を細めて頭上で揺れる葉を眺めた。ちらちらと落ちる木漏れ日が横顔に不安定な翳《かげ》りを作り、なんだか泣いているようにも見える不思議な笑みだった。

「でも、ちょっと意外でした。なんとなく若い女の人だと思ってたんで」

「あ、それはよく言われます。作風や名前からそう思うのかな。それにもう若くないですよ。今年で三十五だし」

朔太郎はえっと目を見開いた。

「すみません、俺と同じくらいかと」

「荒野さん、おいくつですか?」

「二十七です」

自分もそれくらいに見えるのかと、つぐみはうつむきがちに笑った。いい年をして、人生経験の乏しさが顔に出ているのだと思う。でも自分は昔からこんな顔で、学生のときは逆に落ち着いていると言われていた。成長していないということかと思うと、やはり恥ずかしい。

「いとう先生、気持ちが瑞々《みずみず》しいままなんですね」

つぐみはぎょっとした。

「先生ってなんですか」

「いつも先生って呼ばれてるんじゃないんですか?」

「いえ、特には」

つぐみは取材が苦手で外部との接触はほとんどない。年齢どころか顔も晒《さら》さないし、街を歩いていても普通の人なので、ファン目線で先生と呼ばれたこともない。自社デビューで売れないままの作家を先生と呼ぶ編集者もいない。

「普通に呼んでください。こっちが頼み事をしている方なので」

「じゃあ、つぐみさん」

つぐみはまばたきをした。てっきり名字で呼ばれると思っていたのだ。

「すみません。普通、遠藤さんですよね」

「いえ、荒野さんの呼びやすい方で」

「じゃあ、つぐみさんでいいですか。ペンネームの印象が強くて」

「ああ、そうか」

「厚かましくてすみません」

謝りながらも嬉しさが隠しきれない様子に好感を持った。きちんと不足なく愛情を注がれて育った人特有の真っ直ぐさを感じる。

「俺のことも好きに呼んでください。朔太郎でも朔でも朔ちゃんでも適当に」

「そんな、管理人さんなのに——。あ、まだ決まってないですけど」

厚かましくてすみませんと今度はつぐみが謝ると、すかさず大丈夫ですと返ってきた。

「部屋のことは任せてください。でもうち築四十年で古いですよ？」

いいんですかと問われて、ぜひ、とうなずいた。

「じゃあ、保証人のことは俺が祖父ちゃんにかけ合うんで安心してください。祖父ちゃんはたいがいのことは気にしない人だから。まあたまになんの不備もない人を入居不可にするよくわからないとこもあるけど、つぐみさんは大丈夫。俺が責任持ちます」

朔太郎は力強くうなずいてくれた。

「それとさっきの名前のことだけど、アパートで俺を荒野さんって呼ぶ人いないから。アパートで荒野さんって呼ばれたら、それは俺じゃなくて祖父ちゃんのことなんです」

「あ、なるほど。わかりました。じゃあ朔太郎さん」

朔太郎の目元にさっと薄い朱色の刷毛が走り、つぐみは首をかしげた。

「いや、『朔太郎さん』って……なんか古風というか奥ゆかしい感じだなって」

「ええ、すごくいい名前ですね」

「いや名前じゃなくて、つぐみさんの呼び方が……」

もごもごとつぶやく朔太郎の隣で、つぐみは足元に降る木漏れ日を眺めた。

「『永遠に、永遠に、自分を忘れて、思惟《しい》のほの暗い海に浮ぶ、一つの侘《わび》しい幻象を眺めて居たいのです』」

「あ、萩原《はぎわら》朔太郎？」

「はい、好きなんです。だから朔太郎さんと呼べるのはかなり嬉しいです」

「祖父ちゃんがその人好きで。俺の名前もその人から取ったって」

「やっぱり。ぜひ一度ご挨拶したいです」

「祖父ちゃん、喜びますよ」

嬉しそうな朔太郎に、つぐみも久しぶりに心から安堵《あんど》してほほえんだ。

住むところが決まった。悩み多き中のたったひとつ。けれど大きな問題のひとつが片付いてホッとしていると、朔太郎は鞄《かばん》から大学ノートを取り出した。隣なので普通に目に入ってしまう。最初に今日の日付を書き、続いて「遠藤告美さん（いとうつぐみさん）、アパート入居、保証人の件を祖父に相談」と細かくメモしはじめた。

万年筆は使い込まれていて、反対のページにもたくさんメモがしてある。おおらかな印象とは反対に、仕事や約束事には几帳面な人なんだなとつぐみは感心した。

引っ越しの日は悲しくなるほど晴れていて、荷物はあっという間にまとめ終わった。

引っ越し先は八畳一間で、最低限のものしか持って行けない。ファッションへのこだわりは特にないので服はいい。けれど本を選別するのはつらかった。これは読み返す。こっちは読み返しはしないけど手元に置いておきたい。これは……置いていくしかない。

――つぐみの部屋は図書館みたいだな。

からかうように笑う伸仁を思い出した。

広めの2LDKのマンション。ふたりで過ごすリビングと寝室。あとひと部屋はつぐみが仕事部屋として使っていた。伸仁は普段から仕事が忙しいので個室は特に必要ないと言い、たまにつぐみの部屋から本を持ちだして読んでいた。

壁一面を埋める本棚は、伸仁が北欧家具を扱う店で選んでくれた。シンプルで組み替え自由で飽きがこない。造りが頑丈で、長いシリーズだから買い足せる。言葉通り、棚はどんどん買い足されていき、空きスペースに心もとなくなってきたころ、仲仁が言った。

――じゃあ、今度は一戸建てかな。

一年ほど前だったろうか。いつまでも二十万近い家賃を払い続けるのは馬鹿らしい。だったら買った方がいい。つぐみはどう思うと問われ、もちろん反対などしなかった。

――でも、仲仁はマンションが便利でいいって言ってたろう。

――つぐみはのんびりしたとこが好きだろう。俺も犬が飼いたいし。

――俺は猫がいい。仲良くしてくれるかな。

――赤ちゃんのときに、せーので飼ったら大丈夫だろう。

あのときは幸せだったなと、つぐみは座り心地のいいソファに腰かけた。このソファだって去年の秋に――もうやめろよと自分を叱《しか》った。思い出を掘り起こせばいくらでも出てくる。あれも、これも、それも。けれど掘り起こすほど心は穴だらけになっていく。

仲仁が処分すると言ったので、ほとんどの家具は残されたままだ。なのに奇妙にガランとして見える。人の気配がなくなると、家というものは息をするのをやめてしまうようだ。ベランダから春の光が差し込んで、部屋は外国の明るい墓場のように見える。

――なにも感じないな。

自分が砂漠のようだった。作家になってから、見たものや感じたことは全て、良くも悪くもいつか自分の手から紡がれるだろう言葉と細い糸でつながっていた。なのに、今はなにともつながっていない。自分の中に在るはずの物語や、ましてや外の世界とも。

なにとも、つながってない。

ふっと力が抜けて、ソファにもたれかかった。涙なんて出ない。仲仁との関係は生活に直結していて、生活は書くことに密接している。ひとつ切れたら次々切れていく。十年かけてつないだ輪だ。これをまた一からつなぎ直すことを思うと、頑張ろうと思う前に、見上げる坂道のきつさにへたり込みたくなる。なんだか全てがどうでもよくなってくる。

ぼうっと天井を見上げているとチャイムが鳴った。ぴくりと肩が揺れる。

慌てて立ち上がり、つぐみはインターカムに出た。

『つぐみさん、朔太郎です。着きました』

部屋が静かすぎるので、声の力強さに少しびっくりした。

先日会ったときに連絡先は交換していた。そのあと引っ越しの日取りを決めたとき、当日の手伝いを申し出てくれたのだ。すでに世話になっているのでこれ以上はと遠慮したが、なんでも屋なので小さい引っ越しは慣れていると言ってくれた。

「こんにちは、晴れてよかったですね。引っ越し日和《びより》だ」

今日の朔太郎は引っ越し用に汚れてもいいような年季の入ったシャツにハーフパンツをはいている。だらしなく見えないのは、上品な紺のデッキシューズのおかげだろうか。ラフなのに行儀のいいフォルムが、なんとなく朔太郎らしいと思った。

「さて、じゃあ一気にやっちまいましょう」

朔太郎は張り切ってくれたが、大きなものはテレビ台やパソコンデスク、椅子《いす》と本棚が三つだけで、あとは布団、本と生活用品が入った段ボール箱だけだ。

「これだけ？　飯はどこで食べるんですか？」

「あとで足を折り畳めるテーブルを買おうと思って」

「ああ、じゃあ今度ホームセンター行きましょう。遠いから車出しますよ」

つぐみはお言葉に甘えることにした。しかし話をするふたりの横にはすっきりとモダンなダイニングテーブルがある。四人掛けで、たまに持ち帰った仕事を伸仁はあのテーブルでやっていた。他にもソファや大型テレビなど、誰かと暮らしていたことがあきらかな部屋の様子を見ても、朔太郎はなにも言わなかった。言わないでいてくれた。

「じゃあ、行きまーす」

軽トラの後ろに積んだ荷物に手際よくロープをかけていき、朔太郎は乗り込んだ運転席でエンジンをかけた。つぐみは助手席に座り、はいとうなずいた。

「ほんと年季入った建物なんで驚くかもしれませんよ」

「年季入った建物は慣れてます。父と暮らしていたころはずっと——あ、すいません」

なんのフォローにもなっていなくて、朔太郎が小さく吹き出す。

「つぐみさんって、いいですね」

「なにがです？」

「あんな繊細な話を書く人だから、もっと神経質なのかと思ってた。でもなんだろう。ほわっとしてるというか、ゆるキャラ系というか、なんかいいです」

「トロいとはよく言われたけど」

「まあ、そうとも言うのかもしれません」

同じタイミングで笑い合い、あとはスムーズに会話が流れていった。

あまり褒められると居心地が悪くなるけれど、ちゃんとオチを作ってくれるので朔太郎とは話しやすい。コミュニケーション能力の低い自分がそう思うのだから、朔太郎はかなり人づきあいに長《た》けているのだろう。なんとなく伸仁を思い出す。恋人のつぐみには頑固だったりワガママだったりしたけれど、一歩外に出ると営業マンの伸仁は実にうまく場を回した。

――朔太郎さんは、伸仁と似たタイプなのかな。

また感傷に引きずられそうになり、やめやめと小さく頭を振ったとき、運転席側の内ポケットに大学ノートが入っているのに気づいた。初めて会ったとき、公園で朔太郎がメモをしていたのと同じもの――と思ったが違った。

先日のノートの表紙には、2014.May.12とナンバリングしてあったが、今日は2014.May.13となっている。たかが一週間ほどで一冊分もメモすることがあるなんて、そんなに忙しいんだろうか。そんな人に引っ越しまで手伝ってもらったのは厚かましかったかもしれない。

——もしかして、俺が頼りなく見えるのかな。

とりあえず意識して背筋を伸ばしてみた。今日から本当にひとりなのだからしっかりしよう。しっかりしないといけない。しっかり——。

心の中で繰り返していると、軽トラが停まった。

「着きました。うちのアパートです」

朔太郎の祖父が経営しているアパートは、聞いていた通り古く、しかし若いころから食べ物以外はハイカラ好きだったという祖父の趣味でモダンな洋館風だった。

ＲＣ造りの壁一面に緑の蔦《つた》が這《は》っていて、独特の雰囲気がある建物を眺める中、鉄製の門の横に『maison 荒野』と小さな表札がかかっているのを見つけた。大家の名前なので全然おかしくない。けれど、もう少し他になかったのだろうか。

これからの厳しい人生を暗示するような、荒野へ踏み入るような覚悟で門の前に立っていると、幾何学《きかがく》模様のガラス貼りの玄関扉が開き、中から人が出てきた。

「あ、貢藤《くどう》さん、こんにちは。こちら今日から入居の遠藤告美さんです」

住人だろう貢藤という男はつぐみをチラッと見た。目が鋭く、ボタンを開けたシャツとゆるいネクタイから堅気からはみ出しかけた迫力を感じる。もしや……ヤクザ？

「はじめまして、遠藤です。よろしくお願いします」

普段から低い腰が、もっと低くなってしまった。

「ああ、よろしく。俺の仕事は朝夜関係ないから、うるさかったら悪いね」

意外とまともな対応をして、貢藤は足早に行ってしまった。

「今の人、ヤクザじゃないからね」

「え？」

振り向くと、朔太郎の顔はおもしろがっていた。

「見た目怖いけど、編集さんだよ」

「ええっ？」

どきりとしたが、漫画の、とつけ足され、畑違いのジャンルに安堵した。同じ建物内に小説の編集がいるなんて心臓に悪い。

「貢藤さん、あんな怖い顔して少女漫画の編集やってるんだよ。『パラドル』とか」

「え、『パラドル』ってあの？　それはすごい」

少女漫画に疎いつぐみでも知っている。今、女子高生を中心に爆発的な人気を誇っている『パラダイス・ドール』の担当編集があのヤクザのような人……。畑は違えど畏れ多い気になっていると、また住人が出てきた。今どき珍しい清純そうな女の子だと思ったら、今どき流行《はや》りの男の娘だった。エリーです、よろしくと勤め先のバーの名刺を渡された。

「日曜日みんなで歓迎会しようって言ってるんだけど、つぐみさん予定どうですか？」

「あ、ありがとうございます。大丈夫です」

「よかった、じゃあ、また時間とか決めますね」

エリーは長い髪を揺らして中に入っていった。

「さて、じゃあサクサクやりますか」

隣で朔太郎が腰に手を当てる。

「あ、片づけは自分でやりますから」

びっしりとメモが書き込まれた大学ノートが脳裏をかすめる。

「遠慮しないでください。アパートの説明も一緒にしちゃうんで」

話しながら朔太郎は軽トラの荷物にかけていたロープをほどき、よいせっとかけ声をかけて本棚を担ぎ上げた。朔太郎の動きには無駄がなく、勝手がわからないつぐみは、とりあえず段ボール箱を手に朔太郎のあとを追いかける格好になった。

「うちの住人はさっきの貢藤さん、エリー。あとシングルファーザーの加南《かなん》さんと息子のイチローくん、今日は日曜だからふたりで動物園に行ってる。派遣で働いている瀬戸《せと》さん。瀬戸さんは今日は仕事。それに仁良《にら》くんって学生さん。仁良くんは部屋にいると思うけど引きこもりなので基本出てこないです。あ、歓迎会は出ると思うけど。ちなみに全員男です」

「女子禁制ですか？」

「そんなことないけど、なんか自然とそうなっちゃって」

なぜだろうと思いつつ、そちらの方が気楽なのでなにも問題はない。それに色々な職種の人がいるようで、そのことにも安心した。きちんとした勤め人ばかりだと、自分みたいな根無し草は居づらい気がする。特にこういう半下宿っぽい場所では。

――歓迎会、ちゃんと挨拶しよう。

一対多数が苦手なつぐみだが、人づきあいは最初が肝心だ。

「ミニキッチンとトイレは各部屋についてるけど、お風呂は一階と二階にひとつずつ。空いてる方を使ってください。去年ユニットに入れ替えたばかりなので新しいです」

玄関を開けると、幅の広い廊下がまっすぐ伸びる。右側に扉がふたつ。大家である祖父の部屋は二間続きで、今は朔太郎が使っている。その隣が貢藤の部屋。左側には部屋がふたつと真《しん》鍮《ちゅう》の蛇口が三つ並んだ洗面所。青いタイルがイスラム風模様に組まれている。

突き当たりが風呂。その手前に階段があり、二階に上がると廊下をはさんで部屋が三つとまた風呂、そして洗濯ができる広いベランダ。確かにどこも古いけれど、ベランダのガラスの観音扉から廊下に光が優雅に差し込んでいる。朔太郎の祖父は相当趣味がいい。

「昭和レトロっていうのかな。こういうところ女の子に人気ありそうなのに」

「お風呂が共同なのが嫌なんじゃないかな。あと部屋は畳だし」

なるほど。住人が男ばかりの理由がわかった。

荷物が少ないので運び込みはすぐ終わり、あとの片付けは自分だけでやることにした。本の並べ方などはつぐみなりにこだわりがある。

「わかりました。じゃあ一応これ。保証人の欄は空けといてくれていいんで」

入居してから渡された賃貸契約書につぐみは小さく笑った。

「ありがとうございました。今日からよろしくお願いします」

「こちらこそ。じゃあ、なにかあったらいつでも声かけてください」

朔太郎が出て行き、つぐみは頭を下げてドアを閉めた。

丸い真鍮のドアノブ。感触にまだ慣れない。鍵はかけるのかなと考えて、一応かけた。カチャリと小さな音がする。急に静けさが鼓膜に触れて、つぐみは部屋を振り返った。

入ってすぐ右側に小さな台所があって、その前だけが板張りになっている。畳敷きの八畳間に腰高窓がひとつ、落下防止に黒い鉄製の柵がついている。鉢植えでも置こうかと思った。白い花がいい。外から見たとき建物の雰囲気を損ねない気がする。

部屋の隅に仕事机と空っぽの本棚、ほどかれていない段ボール箱が畳に積まれている。

ここで、これから、ひとりで暮らすのだ。

部屋の真ん中につぐみは腰を下ろした。今どきのマンションにはないノスタルジックな雰囲気がある。陽当たりがよく天井も高い。いいじゃないか。悪くない。無理に思い込んでいるわけではない。なのに、どうしようもなくさびしくなってしまう。

ぼんやり座っていると、ふっとカラフルな光が落ちてきた。天上付近の高い位置にある半円の小窓からだった。はめ殺しのステンドグラスになっていて、頭上から降ってくる柔らかな色彩が、まるで教会にいるような気持ちにさせてくれる。きれいだ。きれいなものはそれだけで気持ちを癒してくれる。つぐみは畳に寝転んでステンドグラスを見上げた。

――小説、一日も早くスランプから抜け出せますように。

――ひとりなんだから、せめて病気はしませんように。

祈る対象などない部屋でそれでも祈っていると、横に置いていた携帯が震えた。見ると仲仁からだった。別れ話を切り出された夜以来、電話には出てもらえず、メールだけでやり取りをしていた。声が聞きたいと思っていたのに、久しぶりすぎて怖くなる。

『……もしもし？』

恐る恐る出た。

『つぐみ』

瞬間、津波のようにやってきた懐かしさに胸が詰まった。

『引っ越し、今日だったろう。ちゃんとすんだか？』

『うん、まあなんとか』

普通の声が出せた。

『そうか。おまえ、そういうの苦手だから心配だった』

『心配なんて……』

『別れても、つぐみのことは家族みたいに思ってる。前に言っただろう』

携帯を持っていない方の手を胸にぐっと押しつけて、あふれそうな感情に耐えた。仲仁の言葉が全身に染み渡っていく。反面、そういう状況にさせた本人からの言葉に複雑さが湧《わ》く。仲仁が与えてくれる優しさを、自分の中のどこにしまっていいのかわからない。会話が止まってしまい、なんとなく視線を揺らすと、畳に置かれた契約書が目に入った。

『大家さんのお孫さんがすごくいい人で、引っ越し手伝ってくれたんだ』

会話の接《つ》ぎ穂が見つかった。へえ、と仲仁があいづちを打つ。

『偶然知りあったんだけど、その人のおかげで部屋を借りられたんだよ。やっぱり保証人がいないとどこも難しくて、困ってたから本当に助かった』

『保証人?』

『うん、家を借りるときの』

わずかな沈黙のあと、なんで?　と仲仁が言った。

『なにが?』

『なんで俺に言わないんだよ』

『え、だって』

『俺はそこまで無責任な男じゃない。言ってくれたらいつだってなったのに。で、保証人ないままそこ借りたのか?』

『うん、だからそのお孫さんが大家さんに話を通してくれて――』

『俺がなるよ、保証人。今日の夕方空いてるか？』

『いいよ、そんなの』

『空いてないのか？』

『空いてるけど』

『じゃあ五時に「HARUCO」で』

以前、よく待ち合わせをしたカフェだった。

強引な約束のあと、つぐみは切れてしまった携帯を見つめた。この二ヶ月、何度もかけたのにつながらなかった。一度でいいから直に話をしたかったけれど駄目だった。

あれほど難しかったふたつが、こんなにあっけなく叶ってしまった。

なのに、全然、嬉しくなかった。


久しぶりに会う伸仁は全く変わっていなかった。シャツはパリッとしているし、スーツのパンツにもすっきりと折り目が走っている。会うとまず契約書に判子を押してくれた。

「ありがとう。迷惑かけてごめん」

テーブルを挟んで、つぐみは頭を下げた。

「こっちこそ気づかなくて悪かった。言われて思い出したよ。そういえばあのマンション借りたときも親に保証人頼んだなって。俺はそれまで実家暮らしだったから」

気づかなくてもしかたない。伸仁は大きな会社の正社員だし、父親は会社の役員をしている。賃貸契約の手続きはスムーズに終了したのでわざわざ思い出さなかったのだ。

「けどそうだよな。つぐみには身内がいないんだし、そこは俺が気遣うべきだった」

「いいよ、そんなの今にはじまったことじゃないし、これからは全部ひとりでやってかなくちゃいけない。というか、自分でやるのが当然のことばかりだし」

そう言うと、伸仁の表情が複雑に入り組んだ。

「つぐみ、印象変わったな」

「そう?」

「心配してたより元気そうでよかったよ。俺も安心できる」

元気そうに見せているんだよ、と心の中で溜息をついた。

伸仁はゆったりとコーヒーを飲んでいる。あまり人の心の裏を読まないところも変わってない。読めないのではなく、読まない方が楽だからと以前言っていた。

そのとき自分たちは恋人同士で、そう言いながら伸仁はつぐみの裏を読んでくれていた。相手の言葉や表情の裏を読み、気遣ったり、たまにエゴを抑えられず喧嘩をしたり、他人とはしない面倒なつきあい方をしていた。愛があったのだ。

今は違う。恋人じゃないから、もう裏は読まない。つぐみが本当に元気なのか、そう見せかけているだけなのか、わざわざ探らない。表に見える部分だけに触れて、つるりとなめらかに滑らせていく。別れるというのは、そういうことだ。深く関わらないから、なんとなく傍目《はため》にはなごやかに見えてしまう。

――そうか。もう他人だから会ってくれたのか。

「伸仁は、今、どうしてる?」

あふれそうなさびしさから目を逸らして、問いかけた。

「実家暮らし。最初はウィークリーマンション借りたけど、あれ意外に高いんだって初めて知った。つぐみの方の家賃もあったし、しかたないから実家帰った」

「引っ越し、遅れてごめん」

「謝るなよ。俺の勝手だったんだから。でもつぐみがちゃんと再スタート切ってるのわかって安心したし、俺もそろそろ動くよ」

「どこか部屋を借りるのか?」

「いや、それも二度手間だから」

「二度手間?」

「え、ああ、色々考えると」

珍しく伸仁が詰まり、ああ……と思った。伸仁は早く子供がほしいのだ。そのためには結婚しなくてはいけない。結婚するなら新居が必要だ。見合いなら二、三ヶ月で結婚が決まることもある。だったら、わざわざ今ひとり暮らしをすることもない。

「もうこんな時間か」

伸仁が携帯を見た。

思わず、すがるような目で見てしまった。

「飯でも行く?」

反射的にうなずいてしまい、馬鹿かと自分を叱ったがもう遅かった。こういうところが甘く見られる原因なのだ。けれどもう少しだけ一緒にいたい。ひどい理由で振られたのに、まだ好きなのかと問われると少し違う。もう味のなくなったガムをいつまでも噛み続ける子供みたいに、これがなくなったらもうお菓子はないという未練に似ている。

カフェを出て、以前よく行った店へ行った。カウンターに座ると、オープンキッチンの向こうからお久しぶりとオーナーシェフが声をかけてくれる。ブイヤベースやアクアパッツァはシェア。気に入りの白ワイン。以前と変わらない会話のテンポに、酔いも手伝って、まだつきあっているような錯覚を起こし、すぐに別れたんだと思い出す。

食事を終えてレジに立つ伸仁の横で、財布を出そうとしたら断られたので、店を出てからごちそうさまと礼を言った。以前なら並んで同じ方向に歩きだしたものを、今は向かい合う。

「じゃあ、元気で」

「なにか困ったことがあったら電話しろよ」

「うん、伸仁も」

「ありがとう」

そんな会話で、手を振り合って別れた。

帰りの駅へと向かいながら、なんでだろうと思った。

——俺、なんでこんなところをひとりで歩いてるんだろう。

じゃあ元気でと伸仁は言った。うんと返事をした。

けれど元気になんかなれない。なれるはずがないだろう。

電車の窓に映る見覚えのない夜の風景。引っ越し初日、初めて辿《たど》る家路のライン。あんなビルは知らない。あんな看板も見たことがない。これは自分の家へ帰る電車じゃない。

悪い夢を見ているような不安定感。けれど現実なのだ。

本当は不安でどうしようもない。今からでもやり直したい。

食事中、そう言いたいのをずっと我慢していた。我慢できてよかった。笑顔で別れられてよかった。よかったのは伸仁だけで、自分にはいいことがなかった。それでも、よかったと思おう。泣いてはいけない。泣いたら負けてしまう。このさびしさに負けたら立ち直れなくなりそうで怖い。ひとりなんだから、立ち直れなくて崩れていたって誰も助けてくれない。ちゃんとしろよ。なのに涙が止まらない。どうしよう。伸仁は、どんな人と結婚するのだろう。もしかして、もう新しい誰かがいるんだろうか。その人の名前はなんていうんだろう。

――つぐみ。

記憶の中で、伸仁が自分を呼ぶ。あの声で、新しい誰かを呼ぶのだ。あの声で名前を呼んで、あの唇でくちづけるのだ。自分ではない誰かを抱くのだ。どんどん景色がにじんで、まばたきもしないのにポタポタと涙が落ちる。

隣に立っている大学生風の男がちらりとこちらを見る。ああ、気づかれた。けれどすぐに目を逸らされる。うん、そうだ。みんな自分が一番大事だ。他人になんか構っていられない。きみは正しい。


アパートに帰る前に公園に立ち寄った。朔太郎と初めて会ったときに来た公園だ。あのときサンドイッチを食べたベンチに座り、仄《ほの》明るい夜空に浮かぶ月を見ていた。

帰らなくてはいけない。でも帰っても誰もいない。

だったら急ぐ必要もないかと、たるんだ紐《ひも》みたいになってしまう。

ふわりと白いリボンが視界を舞った。紋白蝶《もんしろちょう》だ。ふわふわと夜を舞って、つぐみの肩にそうっと留まる。蝶は夜は活動しないので、このまま寝床にされたらどうしよう。けれどその子はまたふわりと飛び、つぐみの視線を左右に遊ばせてくれる。

指を差し出すと、それが蜜の溜まった花のようにすぐに留まってくれた。ひそやかな羽ばたきに鱗粉《りんぷん》の飛び散る様が見えるようで、天然の美しさにふと心をほどかれる。

小さくほほえむと、靴裏が砂利をこする音がして紋白蝶は飛び立った。振り返ると、藍色《あいいろ》が濃くなった夜の向こうに朔太郎が立っていた。

「ごめん。通りかかったら見えたんだけど。行ってもいい？」

「うん、どうぞ」

ありがとうと朔太郎がやってきて、つぐみの隣に腰かけた。

「いつからいたの？」

「少し前」

「声、かけてくれればよかったのに」

「蝶々が逃げるかと思って」

「……ああ、人懐《ひとなつ》こい子だったね」

そう言うと、朔太郎がすっと手を伸ばしてきた。

「なに？」

「泣いてた？」

つぐみはまばたきをした。

「残ってる。痕」

清潔な指先が、つぐみの目元から頬へのラインを辿っていく。

「さっきゴミが入っちゃって」

つぐみはみっともない痕を隠すようにうつむいた。

「泣くほど痛かったんだ」

朔太郎はそう言っただけで、沈黙が落ちた。

――泣くほど痛かったんだ。

なんだか子供のように、うんと、うなずいてしまいたくなった。

「つぐみさん、生き物に好かれるんだね」

「ん？」

「紋白蝶。前もムームーに懐かれてたし。なんだろう、そういうオーラ？」

「たまたまだと思うけど。そういえばムームー元気にしてる？」

「また家出して捕獲されたよ。あの子、すぐ家出するんだ」

「あんなにかわいがられてるのに」

「そういうのと野生の本能は関係ないんじゃないかな。親に愛されてるのに盗んだバイクで走りだす十五歳もいるし。昔は気持ちがわかったけど、今は人のものを盗むなよと思えるようになった。ムームーも早くその境地に達してくれるといいんだけど」

つぐみは思わず吹き出した。

「朔太郎さん、古い歌を知ってるんだね。『十五の夜』なんて」

「今の管理職世代、四十代から六十代がカラオケで歌う定番ソングは網羅してるかな」

「へぇ。あ、そういえば俺も死んだお祖母《ばあ》ちゃんに教えてもらった歌がある。子供のころだったし歌詞とか覚えてないんだけど。朔太郎さんなら知ってるかな」

　メロディだけをラララで歌うと、朔太郎は腕組みで目をつぶった。

「それ、いつぐらいの歌かわかる？」

「えーと、俺が十歳のころで、お祖母ちゃんが八十くらいだったから、今だと百五歳くらいになるのかな。今、百五歳の人たちの青春時代に流行った――」

「ごめん、そこまでは無理」

　さくっと言われ、そりゃそうだよねとお互い笑い合った。思い出すと懐かしくなって、メロディも怪しい謎の歌を鼻唄で歌っていると、こちらを見ている朔太郎と目が合った。

「ムームーや紋白蝶の気持ちがわかるかも」

「ん？」

「つぐみさんといるとホッとする」

「え、なに急に」

「なんかさ、なんでもない話してるだけでも妙にまったりできる人っているよね。つぐみさんとはずっと話してられそうだし、なんにも話さなくても一緒にいられそう。話してて楽しい人はまああいるけど、黙ってても居心地よく感じられる人は貴重だと思う」

じわじわと頬が熱くなり、つぐみはうつむいた。

「えっと、ありがとう。俺も朔太郎さんといるとホッとする」

本心だった。朔太郎といると、自分が少しだけいいものに思えてくる。構える必要のない他愛ない話を誰かとするのも久しぶりで、鼻の頭に熱がこもり出す。相当人恋しくなってるなと自分で自分をからかってみた。みっともないなとうつむいていると、

「泣くのはストレス発散になるんだって」

朔太郎が言った。

「だから変に我慢しなくていいんだって心療内科の医者が言ってたよ。いつも笑顔でとか、暗いことは言っちゃいけないとか、よく考えたらおかしいよね。というかできないよね。俺らって、そんなもんだけでできてるわけじゃないんだから」

朔太郎は夜を見つめて話している。心療内科になど縁のなさそうなタイプなのにずいぶん詳しいんだなと少し意外に感じた。友人にそういう人がいるんだろうか。

「まあ、わざわざ言うことじゃないか。人の気持ちを書くのが仕事の人に向かって」

「関係ないよ。逆に、わからないから書いてるのかもしれないし」

少なくとも、自分はそうだ。心の中の名前のないモヤモヤした感情に向かって、手を替え品を替え問い続けている。答えが出たと思っても、少し経つとそれは砕けていて、また拾い集め

てつなぎ合わせていく。すると以前とは違った答えが出たりする。砕け散ったまま、まとまらず砂に還ってしまうときもある。そういうときはほとほと疲れる。

「あの子、寝たね」

ふと朔太郎が夜を指さした。花の落ちたつつじの植え込みに一輪、小さく閉じた白い花がある。さっきの紋白蝶だった。

「蝶々は夢を見るのかな」

「どうだろう。いい夢だといいね」

朔太郎が目を細める。優しい横顔にふと気持ちがゆるむ。

「俺も、たまにはいい夢見たいな」

つい素直な言葉がこぼれてしまった。

「見られるよ」

「そうかな」

「多分ね」

ベンチに置いていたつぐみの手に、朔太郎が自分の手を重ねてきた。ポンポンと軽く甲を二度叩《たた》き、にぎるでもなく、ただそっとかぶせてくる。難しい理屈はなにもなくて、ただ朔太郎の手は大きく、あたたかく、人には誰かのぬくもりが必要なんだなと思った。

今は悲しいばかりだけど、いつか新しい恋ができるだろうか。わからないけど、昨日まで考えもしなかったことを考えさせてくれた朔太郎に感謝した。

すっかり夜に沈んでしまった公園のベンチで、ふたりでずっと手を重ねていた。


「では、つぐみさんの荒野《あれの》入りを祝して」

朔太郎《さくたろう》の声に、かんぱーいと一斉にグラスが掲げられた。休日の歓迎会、部屋よりも外のほうが気持ちいいということで、朔太郎が庭にバーベキューのコンロを出した。五月の柔らかな夜風が庭を吹き渡って、隙間を肉の焼ける香ばしい匂いが漂っている。

いらっしゃい、はじめまして、よろしく、こちらこそという挨拶《あいさつ》がそれぞれの住人分飛び交い、つぐみはそれだけで一週間分くらいのお喋《しゃべ》りをした気持ちになった。売れっ子漫画編集者の貢藤《くどう》、男の娘《こ》のエリー、シングルファーザー加南《かなん》と小学生の息子イチローとはすでに顔を合わせていたが、残りふたり、派遣の瀬戸《せと》と大学生の仁良《にら》とは初顔合わせだった。

「はじめまして、瀬戸です。挨拶遅れてすいません。泊まりで仕事してたんで」

長目の髪をうしろでひとつにくくった青年が飄々《ひょうひょう》と話しかけてきた。

「はじめまして、泊まり込みなんて大変だったんですね」

「旅館のオープニングの手伝いだったんですよ。でも明日からまた十日間、夜勤でケーキ工場に行きます。その次はドイツ大使館主催食博のスタッフ、合間に夜間の資材運び。それが終わったらスイスなんで、ほとんどアパートにいないんですけど」

「スイスまでお仕事に？」

「いや、それは趣味で。ガーッと働いて金が貯まったら山登りに行くんです」

山男か。それは正社員は無理だ。

「あ、そういえば仁良、就職決まった？」

瀬戸は斜め後ろで黙々と肉を食べている仁良を振り返った。大学生のはずなのに、毎日部屋に引きこもってパソコンばかりしているので顔を合わせたことがない。

「決まってない。就活自体してない」

仁良はぼそっとつぶやいた。どうすんのと瀬戸が問う。

「どうせ留年しまくりだし、これ以上は学費もったいないから大学辞める」

えっと内心で驚いたつぐみの隣で、

「ふうん、まあ仁良の好きにやんなよ」

瀬戸は簡単に受け流した。そんなんでいいのか、大学を辞めるなんて先のことを考えたら結構大きいことだぞと勝手に焦っているつぐみに、瀬戸があっさり説明してくれた。

「大丈夫ですよ。仁良はオタク界の神であいつの作るゲームはすごい人気だから。高級マンションのひとつやふたつポンとキャッシュで買えるくらい金持ってます」

「え、すごい」

「前は重度のネトゲ廃人で、四ヶ月で体重三十七キロから百二キロを行ったり来たりして死にかけたり、免疫低下で結核で入院したり。それでも生活習慣直せなかったから、これからも仁良は健康にならないし、今から早死にを想定して好きなことをやりまくるらしいです」

瀬戸の言葉が聞こえているだろうに、仁良はやはり黙々と肉を食べ続けている。仁良の皿は肉とウインナーのみで野菜は一切ない。なんだか潔くすら見える。

庭を見回すと、タレで顔をベタベタにしているイチローの顔を拭《ふ》いてやっているシングルファーザーの加南や、漫画の下描きだろうかラフデッサンみたいな紙束を烏龍茶片手に検分している貢藤、ワインの栓をかわいらしく開けようと奮闘するエリーがいて、その端っこに自分もいる。アパートのことを聞いたとき、

——祖父《じい》ちゃんはたいがいのことは気にしない人だから。まあたまになんの不備もない人を入居不可にするよくわからないとこもあるけど。

と朔太郎は言ったけれど、大家であるお祖父さんは、住人には一定のルールを設けているように思えた。通りのいい名前や身分がなくて、下手すると社会からははじき出されてしまう人たちの場所を作っているような——なんとなくだけれど。

「つぐみさん、どう？　なんとかやれそう？」

気がつくと、朔太郎が隣に来ていた。

「うん。人も建物もすごくいい感じで好きです」

「ほんと？　よかった」

朔太郎は嬉《うれ》しそうにワインをつぐみのグラスに注《つ》いでくれる。あまり強くないのだが、今夜はありがたく受けた。

「あ、そういえば朔ちゃん、永友《ながとも》アーキテクツの山田《やまだ》さんって知ってる？」

瀬戸が朔太郎に問いかけた。

「前の会社の取引先の人かな」

「そう。朔ちゃんによろしくって言ってたよ。昨日まで行ってた旅館、山田さんがそこの施工やってて、話してるうちにたまたま朔ちゃんの話が出て」

「へえ」

「頑張ってたのに、急に辞めたから気になってたんだって。元気になんでも屋やってるって教えてあげたら、こんな不況の時代に八嶋《やしま》辞めるなんて若いやつは元気だって笑ってたよ。機会があったらまた飲もうって」

「そっか、ありがと、また連絡しとく」

瀬戸はそうしてあげてと、コンロへ肉を取りに行った。

「八嶋って八嶋建設？」

つぐみは問いかけた。

「うん、まあ」

「すごい、大手に勤めてたんだね」

「別にすごくないよ」

「そんなエリートだったのに、会社を辞めてなんでも屋に転身かあ」

つぐみはしみじみとつぶやいた。三十半ばになってもなんとなく頼りない自分と比べ、すごいバイタリティというかチャレンジ精神だ。朔太郎がこうなのだから、ルーツであるお祖父さんもきっとすごいスピリッツの持ち主なのだろう。一体どんな人なんだろう。

「エリートなんて、そんな偉そうなもんじゃゃ――」

「会いたいな」

「え？」

問われて、同じように「え？」と問い返した。

「あ、大家さんに早くお目にかかりたいなあと思って」

「祖父ちゃん？　俺の？」

朔太郎はぽかんとした。

「どうかしましたか？」

首をかしげると、朔太郎のその顔が、じわり、じわりと柔らかく崩れていく。

「いや、つぐみさんって、やっぱおもしろいなあ」

「え、そうですか。あんまりそんなこと言われないですけど」

「おもしろいというか、なにを考えてるのかよくわからないというか」

そう言われて、ハッと気づいた。もしかして、もっと大手企業に勤めていた話をふくらませたり感心するべきだったか。しかも急にお祖父さんに会いたいなんて、会話の流れに全く関係ないことをつぶやいてしまったことに今さら気づいた。

「ごめん、俺、会話力というのが壊滅的になくて」

いつもこんな感じなのだ。自分では色々考えていて、ちゃんと思考の流れにも沿っているのだけれど、言葉で伝えようとするとしどろもどろになってなにを言っているのか自分でもわからなくなる。そして焦りが高まって最後は挙動不審というか変な人になる。

「謝ることないよ。つぐみさんはそのままがいい感じなんだから」

そのとき、門がそろそろと開いて男が中をうかがっているのが見えた。

「中西《なかにし》さん?」

「あ、いとうくん」

ホッとしたように入ってきたのは、小説『新波《しんぱ》』の担当の中西だった。

「急に引っ越しって驚いたよ。いとうくん、最近ずっと調子悪かっただろう。ちょっと一回会って話しなきゃと思ってて、今日たまたま近くまで来たから寄ってみたんだけど」

中西がバーベキュー中の庭を見たとき、あ、と貢藤がこちらを指さした。

「中西さん?」

「あれ、貢藤くん？」

ふたりは知り合いだった。少女漫画編集者の貢藤と文芸小説編集者の中西は、会社は違えど編集者同士の飲み会で知り合い、結構長いつきあいなのだという。朔太郎が中西にグラスを渡し、よかったらどうぞとバーベキューに招き入れた。

「貢藤くん、小嶺《こみね》ヤコの担当になったって聞いたぞ。超売れっ子作家じゃないか」

「売れっ子すぎて緊張しますよ」

「贅沢《ぜいたく》言うな。売れない作家の担当なんて悲惨――」

中西は途中でハッと口を閉じた。

「す、すいません。いつもご迷惑をおかけして」

「いやいや、今のは一般論だから」

慌ててフォローされ、なんだか土下座したい気分になった。なにかあるとすぐにペンごと萎《い》縮《しゅく》してしまうつぐみの性格を中西はよく知っていて、いつも絶妙なさじ加減でアドバイスをくれる。けれどこちらが楽ということは、相手が苦労しているということだ。売れっ子でもないのに、つぐみはいつもさらに売れなさそうなものを書きたがるし、先日などついに雑誌掲載を落とした。それでも中西は待つと言ってくれた。ありがたく、倍申し訳ない。

「……ほんと、俺、すいません」

「いとうくん、本当いいから。そんなことより今日来たのはさ、こないだ伸仁《しんじ》くんと街で会ったんだよ。で、いとうくんと別れたって聞いてビックリして——あ」

途中で中西は口に手を当て、それは余計にしまった感を周りにまき散らした。

「伸仁『くん』と、いとう『くん』?」

エリーが首をかしげた。

「え、じゃあ、もしかしてつぐみさんこっち側?」

エリーが嬉しそうにつぐみに寄ってくる。嬉しーい、お仲間ーと抱きつかれ、思わぬカミングアウトにつぐみは慌てた。オロオロと見回すが、みんなごく普通だ。

「厳密には仲間じゃないよな。つぐみさん女装しないし」

「混ぜるな危険のジャンルだな」

瀬戸と仁良が淡々とうなずきあっている。

「オカマ増えるのか?」

息子イチローの暴言に、父の加南が「失礼だよ」と笑顔で頭をはたいている。

——朔太郎さんは?

恐る恐る見ると、朔太郎は笑顔でOKマークを作ってくれたので、すとんと肩から力が抜けた。つぐみの人見知りの原因となったセクシャリティのハードルを、荒野のみんなは飛び越えることもなく、よっこいしょ程度でごく普通に跨《また》いでくれている。

「ごめん、いとうくん」

中西から手を合わせられ、つぐみは首を横に振った。

「いえ、却ってよかったです」

作家であることも、ゲイであることも、打ち明けるのに勇気がいることを最初に片づけてしまえた。こうなると隠しているよりもずっと楽で、つぐみは中西のグラスに酒を注いだ。

「中西さんには迷惑かけてばっかりだけど、俺、頑張ります」

「うん、まずは続いてるスランプから脱出するのが先だね。今書いてるのは一旦休ませて、先に単行本作業に入ろう。雑誌掲載されたもののリライトだから、リハビリ的な意味でもそれで慣らしていって、書けそうな自信がついたら新作に入るって感じで」

先の話をしてくれる中西がひどく頼もしく見える。

はいとうなずいて、つぐみは中西とグラスを合わせた。


ご近所への配慮から庭でのバーベキューは九時に終了し、それからはエリーの部屋で酒盛りは延々続いた。貢藤を除き、バー勤めのエリーを筆頭にみんな酒に強い。

瀬戸は淡々と飲み、引きこもりの仁良も黙々と飲み、子持ちの加南ですらイチローを寝かしつけてから再度戻ってきたが、途中で貢藤が一抜けをした。担当している漫画家から電話がかかってきて、夜中だというのにさっさと用意して出て行った。

「なんだかんだ言って面倒見いいからねえ、貢藤くんも」

中西はつぶやいて、日本酒片手にトロトロと目を閉じてしまった。

瀬戸と仁良はふたりで話し込んでいて、エリーは加南と朔太郎を相手にお客さんを好きになってしまったと恋の悩みを打ち明けている。つぐみはさりげなく部屋を出た。

庭には涼しく乾いた夜風が吹いていて、酒で火照《ほて》った肌をひんやりと冷やしながら滑っていく。コンロや椅子《いす》が出しっ放しの庭で、ぼうっと星を眺めていると後ろに気配を感じた。

「朔太郎さん?」

振り返ると、朔太郎は驚いた顔をした。

「なんでわかった?」

「なんとなく」

穏やかで優しい、午後の海みたいな気配だ。

「保証人、彼氏さんだったのか」

「え?」

「保証人欄に『伊東《いとう》伸仁』って。それでさっき中西さんが『伸仁くん』って」

「あ、ああ。でもそれは――」

反射的に言い訳をしかけて、もうばれていたのだと思い出した。

「……うん、まあ、別れたから、元彼氏だけど」

ははっと力なく笑った。

「あの日、泣いてたのは、その人のせい？」

「うん？」

「引っ越しの日、公園で」

そういえば、あのあと朔太郎に伸仁の名前と印が押された賃貸契約書を渡したのだ。散らばっていた色とりどりのタイルが、ひとつの絵を描いていくみたいに自分が抱えている事情を知られてしまう。少し気まずい。けれど朔太郎はそれ以上詮索《せんさく》する気はないようで、焼けきって白くなったコンロの炭に指先で触れている。

「まだ、あったかいよ」

そう言われ、つぐみも炭に触れてみた。

「ほんとだ」

少し押すと、炭は転がってあっけなく砕けてしまった。焼けて、熱を放出し切って、まだ仄《ほの》かなあたたかみを残したまま割れてしまう。なんだか恋の終わりに似ている。

「いとうつぐみの『いとう』って、伸仁の名字なんだよ」

砕けた炭を見つめていると、ふと言葉がこぼれた。

「うん。契約書見たとき、あれって思った。まさか恋人とは思わなかったけど」

「二十五のときだから、ちょうど十年つきあって、九年間は一緒に暮らした。引っ越し手伝ってもらったマンション。荷物残していくの、ちょっと、いや、かなりさびしかった」

「うん」

「作家デビューしたのは二十七のときで、まさか賞もらえるなんて思ってなかったから応募したときは本名で、中西さんにどうするって聞かれて、本名は恥ずかしいからペンネームつけることになって、でもいいのが浮かばなくて、もう『いとう』でいいやって」

——つぐみが芥川《あくたがわ》賞とか取ったら、俺の名字がテレビで連呼されるのか？

——『いとう』さんは全国にいっぱいいると思うよ。

あのときの馬鹿な会話を思い出して、つい笑ってしまった。

「もっとよく考えてつければよかった」

「幸せなときって、そういうもんだよ。満たされてると色々深く考えない」

「そうなんだろうね」

それぞれが持つ茶碗一杯分くらいの幸せ。それだけで充分満たされていた。でも幸せはよそわれたご飯ほどに単純ではなく、満ち欠けする月みたいに日々移ろうものだった。

二駅先の植物園が見ごろなので行こうと話していたのは別れ話をした前の月だったし、出張先の名物をみやげだと買ってきてくれたのはたった一週間前のことだった。あんなあたたかい時間をつぐみと過ごしながら、仲仁の心は欠けていったのだ。

「今は色々考えるよ。でも結局わからないに行き着く」

溜息《ためいき》をつくと、朔太郎が遠慮がちに聞いてきた。

「別れた理由、聞いてもいい？」

「子供」

「え？」

「伸仁が子供をほしがったから」

朔太郎はわずかに眉をひそめた。

「それは……理解できる部分もあるけど、つぐみさんに対してフェアじゃない」

「そうだね。俺もそう思ったよ」

子供なんて無茶を言いだした伸仁が悪い。十年もつきあって、それはゲイにはだまし討ちみたいなものだ。人の痛みがわからないやつに幸せな家庭なんて築けっこない――そんな風に通り一遍、黒い感情に呑み込まれて相手を罵る。なのにそんな夜に限って関係がうまくいっていたときの夢を見て、目覚めたときにはひどい後悔に苛まれる。

「……まあ、つきあってたときは楽しかったんだし、やっぱり今までのことに感謝して頑張らないと駄目だよね」

「そう？」

意外にも疑問を呈され、つぐみは隣を見た。

「自分を振った相手に感謝なんかしなくていいと思うけど」

「いや、でも」

「失恋じゃないけど、俺、みんな死ねって思ったことあるよ」

朔太郎には似つかわしくない物騒な告白だった。

「もうなんか全部が嫌で、やる気なくて、頑張れって励まされるとおまえになにがわかるんだって思って、おまえより不幸な人はいっぱいいるって言われると、でもおまえは俺より幸せじゃないかって思って、この世の全部にムカついてたときがある」

「……反抗期がすごかったとか？」

朔太郎はそれには答えず、いつも通りの穏やかさでほほえんだ。

「泣いてる暇があったら頑張ろうとか、自分を磨こうとか、感謝しようとか、確かにその方がいいんだけど『いいこと』だからって全部呑み込んだら、そのうちあふれるよ」

八歳も年下の男の子にこんなことを言われる自分が、なんだか恥ずかしくなった。

人間なんだから、いつもいつも頑張れないなんてことは頭ではわかっているのだ。でも誰かにそれを打ち明けて、重いと思われるのは嫌で、自分から予防線を張ってしまった。

——こんなことやあんなことがあって、今、へこんでいます。

——でも大丈夫、ちゃんと頑張ろうと思っています。

——話を聞いてくれてありがとう。

そんな風に、見せた弱みは自主回収してその場で清算してしまった。

「ごめん。ただの愚痴なんて嫌がられると思って」

「あー……、それはね、確かに」

朔太郎はうなずいた。

「確かに、あんまり親しくない人から愚痴聞かされて楽しい人っていないだろうな。俺とつぐみさんはまだ知りあったばっかりだし、でも、俺はつぐみさんとはもっと親しくなりたいから愚痴でも文句でも全然ＯＫなんだけど……、あ、もしかして俺、つぐみさんの気遣いとか距離感とか台無しにしたのかな。その上、語った？　だったらすごいかっこ悪いんだけど」

朔太郎は急に慌てだし、つぐみは違う違うと首を横に振った。

「俺はただの見栄っ張り。朔太郎さんはすごく開いてくれてるのに変に予防線張って、三十も半分越したいいオジサンなのに恥ずかしいなあと」

そう言うと、朔太郎はなにやら変な顔をした。

「なに？」

「『オジサン』と『つぐみさん』ほどしっくりこない言葉もないなと思って」

「いやいや、俺はそこらにいるオジサンですから」

「あ、そういう謙遜《けんそん》のしかたはオジサンぽいかも」

自然に笑えた。朔太郎と話していると、ふっと心が軽くなる。駄目なところを厳しく指摘してくれる人は貴重で、そういうのが本当に優しい人だと言われても、厳しく言われたら言われたで傷つくのが心というもので、朔太郎はそのあたりを柔らかく伝えてくれる。

以前、人づきあいがうまいなと思ったけれど、そういう部分を越えたところで朔太郎は思いやり深いのだとわかった。自分から距離を詰めるのは勇気がいることなのに、飛び込んできてくれた。受け入れられずに弾かれる可能性もあるのに、それでも来てくれた。

「つぐみさん、ほんと、あんま頑張りすぎないで」

「うん」

「本当に、約束だよ。人って結構簡単に壊れるから」

声に妙な切実さを感じた。首をかしげると、朔太郎は夜空を見上げた。

「あ、ドだ。ドだよ。つぐみさん」

「ド?」

あれと朔太郎が夜空を指さす。

細い三日月の斜め上に小さな星が引っかかっていて、℃という記号に見えた。

「ちゃんと言ったらドシーだけど」

「もっとちゃんと言うとセルシウス度だけど」

「それ、昔、習ったことあるかも」

「そういえば中学のころ理科の実験で――」

ふたりで夜空を見上げながら、どうでもいいことをだらだらと話した。

不思議な感覚だった。朔太郎といると、くしゃくしゃに丸められていた心が、ゆっくりとほぐれて開いていく。頭の中で、薔薇《ばら》が咲いていく映像がスローモーションで再生される。涼しい夜風が吹き抜けていく。さわさわとやわらかな葉鳴りの音。℃の形の月と星。

仲仁と別れて以来、これほど素直に自然を感じられたのは初めてだった。けして留めておけない、今この時間にしかない心地よさ。これをどう言葉にしよう。ぼんやりと考える中、ぽたりと一滴、雫が心に落ちた。あれと思う間にも二滴、三滴、あとはもう次から次へ滴り落ちる。長い間堰《せ》き止められていたものが、みるみる水たまりを作っていく。

「つぐみさん」

ハッと我に返った。

「どうしたの?」

驚いた顔で問われて、やっと自分が泣いていることに気づいた。

「ごめん。ちょっと嬉し泣きで」

慌てて拭《ぬぐ》った。

「嬉し泣き?」

湖からもあふれた水は、細い筋を作って川へ流れ込んでいく。この川は海へと続いて、滴ったものたちは、ほどかれる場所を目指してつぐみの血管を走って指先を熱くしている。

——書けるかもしれない。

砂漠みたいに干からびていた心が、たっぷり注がれた水を抱えて柔らかく震えている。熱っぽい自分の手を、つぐみはきゅっとにぎり込んだ。

「……朔太郎さん、ありがとう」

「え、なにが」

「わからない。でも、ありがとう」

晴れ晴れと笑うと、目の縁に残っていた涙がこぼれた。

「つ、つぐみさん」

「大丈夫。これは嬉しくて泣いてるだけだから」

泣き笑いのつぐみに、朔太郎はずっとオロオロしていた。


打ち合わせの喫茶店で、つぐみはコーヒーカップを手にしたまま固まった。

「申し訳ない。僕の力足らずで」

テーブルの向かいで、中西はがばっと頭を下げた。

今度出すつぐみの新刊の初版部数が、八千から七千に下がることが営業会議で決定した。今までの数字でも全国の書店には行き渡らず、店頭で興味を持って買ってくれる読者は見込みにくかった。それがまた千も下がる。ごく少数の本好きがわざわざ調べてくれる以外、小さな書店しかない地方だと新刊が出たことすら認知してもらえない。

「とにかく初版を売り切るよう、僕も営業も気合いを入れるから」

「ありがとうございます。中西さんには迷惑ばかり……」

つぐみは慌てて頭を下げた。こんな報告をしなきゃいけない編集者もつらいのだ。

「いやいや、今日打ち合わせた話もすごくよかったし、読ませてもらうのが今から楽しみなんだ。今度の本も初版売り切って重版かかるよう頑張ろう」

はいとつぐみはしっかりとうなずいた。

けれど喫茶店を出てから、どうしようもなく落ち込んだ。

スランプからようやく脱出できたと思った矢先、頭を打たれてしまった。

不況の世の中、出版業界、特に小説業界は元気がない。もちろん、そんな中でも売れっ子作家はいるし、ヒット作も出る。けれど今は一か八かのヒットを打つ努力より、いかに損失を少なくするか、小さな利益を積みあげていくかに重点が置かれている。なのに最初から売れないとわかっている純文学を出版社が出し続けているのは、文化の担い手として責任とプライドがあるからだ。そういう狭き枠に、この先自分が残り続けることができるかどうか。

作品を発表する場所だけなら、今のネット社会にはいくらでもある。けれど、きれいごとを抜かすと生活の不安が胸を締めつけた。

大学卒業後、外国語教材を扱う会社に就職したけれど、途中作家デビューして退職した。それから八年、現在三十五歳。作家歴なんて実社会ではなんのキャリアにもならない。この年でろくな職歴もない男に働き口はあるのだろうか。帰りの駅に置いてあるアルバイト情報誌を手に取りかけて、止めた。まだ早い。まだ頑張り切れていない。

アパートに帰ると、駐車場に停めてある軽トラにもたれて、朔太郎が大学ノートになにか書き留めていた。もう見慣れた光景だった。

最初に会った日から、朔太郎はいつも大学ノートを持ち歩いている。パソコンやタブレットも持っているのだから、そちらは使わないのかと聞いたことがある。

——便利だけど、データってちょっとしたことで消えるから信用ならないよ。

どこか皮肉っぽい言い方が朔太郎らしくなかった。

「あ、おかえり」

門の脇に立っているつぐみに、朔太郎が気づいて声をかけた。ノートを閉じて鞄《かばん》に戻してから、駐車場に置いてある鋏《はさみ》を手に籠《かご》を抱える。

「朔太郎さん、今から収穫?」

「そう。最近急に暑くなってきたから、裏の野菜がすごい育ってる」

「俺も手伝っていい?」

気分転換に申し出ると、すごく助かると朔太郎は新しい鋏を貸してくれた。

アパートの裏手には、まあまあ広めの菜園がある。元々朔太郎の祖母が趣味でやっていたものを、祖母が亡くなったあとは祖父がひとりで世話をしていたらしい。

祖父自身は特に野菜作りに興味はなく、しかし死んだ妻の形見である菜園をとても大事にしているらしい。育て方や肥料も研究し、自分が入院中に枯らしたら許さんと言い渡されている朔太郎は、毎日熱心に畑の世話をする。今の季節だとキュウリ、茄子《なす》、トマトが穫《と》れる。

「つぐみさんが手伝ってくれるようになってから、なんか育ちがいいんだよなあ」

赤く熟れたトマトを、朔太郎が不思議そうに見つめる。

「肥料を変えたとかじゃなくて？」

「特になにも。つぐみさん、動物や昆虫だけじゃなくて植物にも好かれるの？」

「たまたまだよ。土の肥え方は年単位だから、去年の努力が今年実ったのかもしれないし」

「詳しいね」

「父親の実家がやってたから」

つぐみの父方の実家は米農家で、父が身体を壊したときにしばらく父とふたり身を寄せていたことがあった。季節は夏で、視界一面を揺らめかす緑の稲穂を覚えている。

「いいなあ。稲穂の海って日本の原風景だ」

「うん、すごくきれいだった。あまり長くはいなかったけど」

父の母、つまりつぐみの祖母は最初の夫と死別して、父を連れ子にして再婚した。父にとって実家は子供のころから住みよい場所ではなく、大人になり、血のつながらない義兄に代替わりしている実家はさらに居づらかったのだと思う。

「俺は子供だったからそういうことなんにも知らなくて、初めて会う親戚や田舎の大きな家に無邪気にはしゃいでた。まあそれも色々あってあんまり続かなかったけど」

色々あった——の色々はもう忘れたい。思い出しても悲しくなるだけだ。

「祖母だけはすごく優しくしてくれたよ。出て行くとき、また帰ってらっしゃいねって、つぐみくん、年賀状ちょうだいねって電車のホームで手を振ってた」

「ちゃんと送った?」

「三回だけ。四回目送る前に祖母が死んで、父方の身内に会ったのは祖母の葬式が最後。母親は俺を産んですぐに亡くなったし、元々身寄りのない人だったから。だから……厳密に言うと父方の親戚はいるけど、血がつながってないからいないのと同じだ」

つぐみは熟れたトマトの茎を鋏で切った。ぱちんと音がした。

「つぐみさんはお父さん似?」

朔太郎がトマトを受け取って、そっと籠に入れる。

「多分。母親は写真でしか知らないけど」

「お父さん、どんな人だった?」

そうだなあと濃い緑の葉をかきわけながら記憶を探った。

「いつも笑ってる人だったな。たまにモテてた」

話しながら立ち上がり、今度はキュウリが生っている畝《うね》へ行く。

「いつだったかな。多分中二くらいのころ、会社の同僚だって女の人がひとりで家に来たことがある。いきなりだったみたいで父さんは驚いてた。日曜日で、その女の人が夕飯作ってくれて三人で食べたよ。雰囲気で結構前からつきあってる感じなのが伝わってきて、その人が帰ってから、再婚していいよって父さんに言ったんだけど」

──父さんは、告美《つぐみ》が一番大事だから。

再婚していいと言ったのは自分なのに、反射的に安心したことを覚えてる。

「つぐみさん、愛されてたんだね」

「男手一つで大変だったろうけど、すごくかわいがってもらったよ。でも……」

「でも？」

父はつぐみが大学生のとき、突然の発作で倒れた。なんの心の準備もなく、別れを惜しむ間もない唐突な別れだった。葬儀の前夜、寝ずの番をしながらつぐみは自分を責めた。父の発作の原因は過労だ。愛されていた分、後悔は深く大きかった。

あのとき、もっと強く再婚を勧めていればよかったんじゃないか。

大学なんか行かずに、高校を卒業したらすぐに働けばよかったんじゃないか。

そうしたら父の負担も軽くなったんじゃないか。

他にも、もっと、もっと、自分にできることがあったんじゃないか。

「お父さん、つぐみさんが作家志望って知ってたの？」

「いや。本を読むのが好きなのは知ってたけど、書いてるのは秘密にしてたから」

「じゃあ、今ごろ空の上で自慢してるかもね。俺の息子は作家ですって」

「それはどうかなあ」

畝にしゃがんだまま、つぐみは抜けるように青い空を見上げた。作家といっても、食べていけるギリギリのラインだ。今日はついに初版部数も下がってしまった。この先、作家で居続けられる自信なんか欠片《かけら》もない。今の自分を見たら父は心配するばかりだろう。

「つぐみさん、今日なにかあった？」

キュウリの茎を切ろうとしていた手が止まった。

「なんで？」

「帰ってきたときから、なんとなく元気ないから」

なにげなく言い当てられて、はは……とつぐみは苦笑いを浮かべた。どうして朔太郎にはわかってしまうのだろう。キュウリの収穫を続けながら、構えることなく言葉がこぼれた。

「初版が下がったんだ。あ、初版って最初に刷る本の部数のこと」

「それは、給料が下がったって意味でＯＫ？」

「うん、おおよそＯＫ」

「それは落ち込む」

「だろう。まあ売れる本を書けない俺の責任なんだけど」

「変だなあ」

「なにが」

「俺はあんなに感動したのに、なんで売れないんだろう？」

思わず笑ってしまった。そして勇気づけられた。

「ほんと、もう少しでいいから売れてくれたら楽なのに」

八年もくすぶり続け、一作でもいいからヒットを出したい。そうすればもう少し名前が認知されるのに。行き詰まるといつも同じ場所でグルグル悩み、落ち込んでしまう。

身内も恋人もおらず、仕事は不安定。こういう状況で三十半ばを過ぎると、将来に希望より不安のほうが大きくなる。たまに身体を壊したときのことも考える。先が見えない類《たぐい》の心細さは、若い朔太郎にはさすがにヘヴィすぎるので打ち明ける気はないけれど——。

「どこも景気のいい話ってないよね」

朔太郎が曲がったキュウリをもてあそびながら言った。

「この先どうなるのかなって、俺もたまに考えるよ。でもまあ八十越えてるうちの祖父《じい》ちゃんが骨折しながらも生きてんだし、俺たちもなんとかなるって思ってる」

「……そっか。うん、そうだな」

俺たち——と言われたとき、初めて朔太郎との間に隔たりを感じた。

朔太郎は年齢よりもずっと懐が深いけれど、本当のところ、こんな気持ちまでは理解できないと思う。当たり前のように両親がいて、祖父もいて、アパート経営などしているくらいなのだから裕福なのだろう。これからどうなるんだろうと考えたとき、なんとかなると思える土台があるのだ。自分とは差がありすぎる。けれどそれも個々の事情だ。受け入れるしかない。

「うん、なんとかなるか」

ふっと息を吐いて、青い空を見上げた。

三十五にもなって、仕事も恋もなにひとつ築けないでいるなんて本当に情けない。けれど、昔に比べたらまだマシかもしれない。

一番つらかったのは、やっぱり父を亡くしたときだ。悔やんで、悔やんで、自分も死にたいと思った。でも死ねなかった。就職活動で散々な目に遭ったときもしんどかった。君はいらない人間です、と何度も形にされるのはつらい。それでもどうにか就職できた会社で全然使えない自分を知ったときもつらかった。つらいことに遭遇するたび、もう駄目だ、今度こそ駄目だと絶望したっけ。

仲仁と暮らしていたときは、そこまでつらいことはなかったように思う。しんどいことはたくさんあったけれど、今思い返すと、仲仁というパートナーがいることで、なんとかなると構えていられたのだろう。

あんな感じでゆるやかに日々は続いていくのだと思っていた。でも続かなかった。人生はなにが起きるかわからない。どんな未来を描こうが、良くも悪くも今まで一度もその通りになったことがない。わかっていたはずなのに忘れたまま、のんきにしていた。

――また一から、いや、今度はマイナスからか。

十年間のほほんとしていたツケが一気に回ってきたようだった。なんだか溜息をつきたくなる。けれど朔太郎が言ったように八十歳に比べたら三十五歳は若いし、今のところ健康だ。初版は下がったけれど、まだ書ける。しかたないかとうなずくと、朔太郎が首をかしげた。

「なにが？」

「あ、えっと、とりあえず病気しないでおこうと思って」

考えていたことをざっとまとめると、朔太郎はふと真顔になった。

「そうだね。健康は大事だよ。どれだけ金積んでも買えないし」

真夏の生命力が閉じこめられているような菜園の中、照りつける太陽の下で、朔太郎の横顔には濃い陰ができている。キュウリの葉をじっと見つめる目には悲しみや悔しさがにじんでいて、知ったつもりの朔太郎の輪郭がふいにぶれて戸惑った。

――もしかして、お祖父さん、悪いんだろうか。

骨折と聞いているけれど、入院が長引いてるし他の病気も併発しているのかもしれない。踏み込んでいいものか、つぐみは収穫用の鋏を手に迷った。

こういうとき、自分をはがゆく感じる。日本語を使って生計を立てているけれど、口でなにかを伝えるのはとても苦手だ。紙の上なら広がる言葉が舌の上では縮こまるばかりで、どういうシステムになっているのか、さっぱりわからない。

なにか朔太郎を元気づけられるものはないだろうか。ツツジの茂みでひっそりと眠っていた紋白蝶《もんしろちょう》のような。℃ のマークの月と星のような。今まで朔太郎がくれたものを思い出していると、真ん中が縦にへこんでいるキュウリが目に入った。

「朔太郎さん、これ」

つぐみは形の悪いキュウリを収穫して見せた。

「ああ、派手にへこんでるな。これは細かく刻んで山形《やまがた》風のだしにでもしようか」

「あれ、おいしいね。でもその前に――」

つぐみはキュウリを真ん中から横に鋏で切り、ほら、と朔太郎に見せた。

あ、と朔太郎が小さく口を開ける。

おかしな形にへこんでいたキュウリは、爽《さわ》やかな緑のハート型の断面を見せた。

「エリーさんが喜びそうだね」

男の娘のエリーはかわいいものが大好きだ。

「貢藤さんは舌打ちしそうだけど」

「貢藤さん、めちゃくちゃ渋いもんね。服装もダークカラーばっかだし」

「なんで少女漫画の編集なんてしてるんだろう」

濃い緑の葉陰にしゃがみ込んだまま、ふたりはひそひそと笑い合った。よかった、朔太郎の顔から陰が消えた。ホッとしていると、朔太郎はふいにうつむいた。

「つぐみさん」

「うん？」

「ありがと」

朔太郎はぽつんとつぶやいた。

「なんもだよ」

いつもいつも、優しくしてくれるのは朔太郎の方だ。自分はその半分も返せていない。

「つぐみさん、ひとつ、お願いがあるんだけど」

「なに？」

「……手を、にぎってほしい」

うつむいたまま、朔太郎の表情は見えない。

「俺、つぐみさんと同じだよ」

「同じ？」

「男が好きな人種だ」

咄嗟《とっさ》に返事ができなかった。

「でも、今、手をにぎってほしいのはそういう意味じゃなくて、それでもいい？」

わざわざ了解を取ってくる。

つぐみはなにも言わず、力なくたれている朔太郎の手を取った。

仲仁と久しぶりに会った帰りの公園で、朔太郎と手を重ねたことを思い出した。恋や愛じゃなくても、誰かのあたたかさに触れたくなるときがある。その熱に思いもよらず救われることもある。それを教えてくれた朔太郎が、今、そういう気持ちなのだ。

「朔太郎さん」

「はい」

生真面目な返事だった。

「朔太郎さんがそうしてほしいと思ったとき、俺はいつでも朔太郎さんの手をにぎるよ。そんなことくらいしかできないけど、いつでもにぎるから」

うつむいたまま、朔太郎はなにも言わない。なにを考えているんだろう。急にどうしたんだろう。ひどく気になるけれど聞けないでいる。言えるものなら、きっと朔太郎は言っているだろう。自分にできることは少なくて、こんなキュウリの葉陰で、隠れるようにしゃがみ込んで手をつないだりすることしかできない。それがとてもはがゆく感じられる。

「デキてるの？」

後ろから小さな声が聞こえた。エリーの声だった。

「またオカマ増えるのか?」

息子の暴言に、「イチロー、失礼だよ」と加南の声と頭をはたく音が重なる。

「アパート内は、恋愛OKだろう」

「半径一メートル以内の恋って狭いな」

「狭い分、濃厚なんじゃないか」

瀬戸と仁良がささやきあっている。

恐る恐る振り向くと、荒野のみんなが覗《のぞ》いていて、朔太郎とつぐみはパッと手を離した。それが合図みたいに、みんながこちらにやって来て一斉に冷やかされた。

「やだー、ふたりとも楽しそー、やらしそー」

エリーが目をきらきらさせる。エリーはこういうことが大好きだ。

「そんなんじゃないですから」

「でも手つないでた。男同士で普通手はつながないでしょう?」

エリーが首をかしげる。その後ろで、「え、つなぐよ」「つなぐな」と瀬戸と仁良が顔を見合わせている。「父ちゃんと俺、手をつなぐよ」とイチローが言い、「それとは違うんだよ」と加南がのんびりと答えている。

「みんな、飛躍しすぎです」

トランプを混ぜ合わせるようなムードの中、つぐみは呆《あき》れた。

客観的に見て、朔太郎のような外見も性格もいい男が、三十半ば人生転倒中の自分とどうにかなるはずがない。手をつなぐ前、朔太郎もはっきりと恋愛ではないと言っていた。しかしどう考えても釣り合いが取れていないので、ノリで騒ぐ分には罪がなくていい。

「あ、すごい。このキュウリ、ハート型」

エリーがつぐみの持っているキュウリに気づいた。

「ああ、エリーさん好きかなと思って」

「好き。でもかわいいから食べるのもったいない」

「そう言いながら、酒のツマミにバリバリ食うんだぜ」

瀬戸が小声でウヒヒと笑い、仁良が黙ってうなずいている。

つぐみはその様子を心地よく眺めた。ここは他人同士が暮らすアパートだけれど、家族が暮らす一軒家のようにいつも誰かの気配に満ちている。仕事に集中したいときは困るけど、さびしさに呑み込まれてしまうことはない。ここに越してきて本当によかったと思う。

「つぐみさん、今度、時間があったらでいいんだけど祖父ちゃんの見舞い一緒に行かない？」

みんなが好き勝手に話す中、朔太郎が言った。

「え、他人が行っていいの？」

骨折以外の病気もあるのでは、とさっき考えていたことが脳裏をかすめた。

「祖父ちゃんが会いたがってるんだよ。祖父ちゃんが菜園すごく大事にしてるのは前に言っただろう。それで入院するとき、収穫した野菜を定期的に見せる約束してるんだ」

しかし朔太郎が世話をするようになってから、どうも生育がよくない。このままでは菜園を枯らされるのではと祖父は心配していたが、最近、急に野菜の色艶《いろつや》がよくなった。

「で、つぐみさんに会いたいんだって」

「俺はなにもしてないけど」

「でも祖父ちゃんが言うには、植物だって生きてるんだから、手をかける人の心はちゃんと伝わるんだって。手入れの善し悪しとは別に、自分との相性も見るとかなんとか」

「それはずいぶんハードルを上げられちゃったな」

「明後日の午後とかどうかな。二時に仕事終わるからそれから」

「うん、わかった」

即答した。つぐみも以前から朔太郎の祖父には会いたかったのだ。

朔太郎が鞄からいつもの大学ノートを取り出す。万年筆のキャップを開けたとき、玄関の方から「荒野さーん」と呼ぶ声がした。郵便だ。

「はーい、今、行きまーす」

朔太郎はキャップを締め直し、大学ノートをしまって表へ出て行った。

約束の日は朝から落ち着かなかった。手洗いに立つついでに鏡をのぞき込む。特になにも変わるわけではないけれど、ちょいちょいと水で髪の分け目をなでつけたりする。朔太郎とはよく話をするけれど、ふたりで約束をして出かけるのは初めてだ。目的は見舞いなのであまり浮かれてはいけない。それに朔太郎の祖父は筋の通った人だろうし、おかしなことを言わないよう、落ち着いて振る舞わなければ。

けれど、約束の時間を過ぎても朔太郎はアパートに帰ってこなかった。

仕事が長引いているのかもしれないが、連絡も入れないなんて朔太郎らしくない。なにかトラブルだろうか。気になって電話したが、すぐに留守電に切り替わってしまったので、「つぐみです、見舞いどうしますか?」とメッセージを残しておいた。

しかし通話を切ってから、もしや現地で直接待ち合わせだったかもと思いついた。朔太郎はもう病院にいて、だから携帯を切っているのかもしれない。だとしたら朔太郎だけでなく、祖父にまで待ちぼうけを食らわせている。そう思うとにわかに焦った。

つぐみは立ち上がり、見舞いの菓子袋を手に急いで部屋を出た。

ナースステーションで病室を尋ね、廊下の突き当たりへと歩いていくと、引き戸が開放された四人部屋から覚えのある声が聞こえてきた。

「今年のオクラ、去年よりも太くない？　粘りけも最高だったよ」

朔太郎だ。やはりアパートでの待ち合わせは自分の勘違いだったのだ。

「あの、こんにちは……」

おずおず部屋に入っていくと、朔太郎がこちらを見た。遅れた非礼を詫《わ》びる前に、

「あれ、どうしたの？」

驚いたように朔太郎から問われ、つぐみの足は止まった。

「祖父ちゃん、この人、いつも俺が話してる遠藤《えんどう》告美さん」

紹介されて、祖父がこちらを見る。短く刈り込まれた白髪、彫りの深い顔立ちに皺《しわ》が刻まれていて外国の人のようだ。朔太郎とはあまり似ていない。

「はじめまして、二階に入居させてもらった遠藤です。このたびは大変お世話に――」

「ああ、堅苦しいのはやめましょう。性に合わんのです。こっちこそご挨拶が遅れてすみませんでしたな。なんせこの有様でして。荒野の大家で朔太郎の祖父です」

パジャマ姿なのに隙がなく、ゆったりとした格を感じさせる老人だった。

「あの、これ、お見舞いに」

水菓子の入った袋を差し出すと、「これはどうも」と祖父は受け取った。

「朔太郎、これを冷蔵庫に。それと冷えてるゼリーをつぐみさんに出しなさい。ああ、それじ

ゃない。それは昼飯のオマケについてたもんだ。逍遙堂《しょうようどう》の青いやつ。それだ」

「人使い荒いなあ。どうぞ、つぐみさん、見舞いにもらったものだけど食べて。今日暑かっただろう。わざわざ来てくれてありがとう。急だったし驚いたけど」

――え？

「帰りは送るよ。俺、軽トラで来てるから」

「あの、朔太郎さん」

朔太郎は約束自体を忘れているようで、つぐみはポカンとした。

戸惑うつぐみに、朔太郎は怪訝《けげん》そうに首をかしげた。

「あ、ううん、なんでもないです」

ここは病室だ。余計なことは言わないでおこう。

「ところで、つぐみさんは物を書いてる人だって？」

祖父に話しかけられた。

「はい、全然売れてないんですけど」

「作家は志があればそれでよろしい」

言い切る語尾が心地よく、つまらないことを言った自分を恥ずかしく思った。

「まあ、売れていたらもっとよろしかろうが」

すぐに冗談ぽく笑われ、つぐみも思わず笑った。

「さあ座って。冷たいうちに食べてください」

ありがとうございますと勧められたパイプ椅子に腰を下ろし、丸いガラスの器に入ったゼリーの蓋《ふた》を取った。緑と青の中間色のゼリーの中に、小さな赤い魚の形をした餡《あん》が仕込んである。金魚鉢をモチーフにしているのだ。夏だなあとスプーンを入れた。

口に入れた瞬間、すうっと涼しい香りが鼻孔を通った。ミントだ。つぐみはミントが得意じゃない。けれどいただきものだからと黙って食べていると、ふいに問われた。

「薄荷《はっか》は嫌いかね」

どきりとした。顔に出ていただろうか。

「いえ、おいしいです」

「いい、いい。わしも薄荷は歯磨き粉みたいで好かん。だからわかる」

「祖父ちゃん、自分がいらないものあげたのか?」

朔太郎が顔をしかめる。

「馬鹿もん。それをおいしく食べてくれる人がいるなら食いもんには一番だろうが。けどつぐみさんも苦手ならいかん。つぐみさん、それ朔太郎に食わしなさい。朔太郎、冷蔵庫から別のを出せ。蜜柑《みかん》や桃のがあるだろう。つぐみさん、どっちが好きかね」

「あ、桃が」

祖父の話しぶりはテンポがいいので、遠慮する間もなく答えてしまった。

――この人、好きだ。

まだ少ししか話していないのにそう直感した。

それからはとても楽しい時間だった。アパートのデザインや菜園のこと、孫の名前にまでなった萩原《はぎわら》朔太郎のこと、ふたりで盛り上がっている間にすっかり夕方になってしまった。

「すいません、こんなに長居して」

「いやいや、久しぶりに楽しかった。また時間があったら覗いてください」

はい、と心からうなずいて朔太郎と病室を出た。しかしエレベーターまで来て、羽織っていたシャツを忘れたことに気づいた。途中で脱いで椅子の背にかけたままだった。

「取ってくる。朔太郎さん、先、行ってて」

「下のロビーで待ってるよ」

病室に戻ると、祖父がベッドに身体を起こしてつぐみのシャツを取ろうとしていた。

「ああ、今度朔太郎が来たらことづけようと思ってたんだが」

すみませんと頭を下げ、シャツを受け取った。じゃあ……と踵《きびす》を返すと、「つぐみさん」と呼ばれて振り返った。真っ直ぐで力のある目とぶつかり、思わず姿勢を正した。祖父はつぐみをじっと見つめ、それからふっと目の力を抜いた。

「つぐみさん、どうか、朔太郎をよろしくお願いします」

「え？」

「最近、朔太郎はあなたの話ばかりします。一緒にいるとホッとするらしいですわ。あいつはしっかりしているように見えて、たまに大ポカをします。忘れっぽいところもあるので、なにか失礼なことをしでかしたら、遠慮せず叱《しか》ってやってほしい」

「そんな、朔太郎さんにはこっちがいつもお世話になってて……」

「朔太郎は根は真っ直ぐな男です。どうか見捨てずつきあってやってください」

深々と頭を下げる。その姿からは、孫がかわいい祖父以上の真剣さが感じられる。カーテン越しに朱色の西日が差していて、言葉以上の強い気持ちが迫ってくる。

「……はい、わかりました」

祖父はゆっくり顔を上げ、安心したようにほほえんだ。

ロビーに下りると、朔太郎はすでに玄関前に軽トラを回していた。お待たせと助手席に乗り込むとすぐに発車する。仕事終わりの時間帯で、大通りは混んでいた。

「今日はびっくりしたよ。つぐみさんいきなり来るから」

ハンドルを回しながら朔太郎が言い、つぐみはどきりとした。

「けど祖父ちゃん、すごく楽しそうだったなあ」

「そう?」

「うん、祖父ちゃんがあんなに喋るの珍しい。若いときから結構本読む人だし。まあふたりの会話はディープすぎて、俺はほとんどついていけなかったけど、楽しそうなふたりを見てるだけで楽しかったよ。つぐみさんがミント苦手ってのも知れたし」

「俺も楽しかった。近いうちにまた行きたいな」

「祖父ちゃん喜ぶよ。あ、でも今度は俺にも声かけて」

　平静を装ってうなずいたけれど、内心では、これほどきれいさっぱり約束を忘れられていたことにショックを受けていた。忘れてしまっている人に今さら言うのも責めているようで、とりあえずなにも言わないけれど、なんだか自分が恥ずかしかった。

　デキているのかとみんなにからかわれて、そんなことがあるはずないだろうと受け流していたのに、朔太郎と自分という組み合わせを一度でも考えなかったと言えば嘘になる。それは夜に夢を見て、起きたとき「ああ、いい夢だった」と言うのと似ている。罪がないように思えるけれど、夢は深層意識の表れだと言うので、実は心のどこかで密《ひそ》かにうぬぼれていたのかもしれない。年下の男の子相手にみっともないなと切ない気分で笑った。

「なに笑ってるの？」

「ちょっと色々」

　信号待ちで車が停まる。フロントガラスの向こう、横断歩道を行き交う人波をなんとなく眺めた。八月、暑さにも負けず手をつないでいる若い恋人たち。仕事帰り、スーツを肩にかけてビアガーデンに行く相談をしている勤め人。買い物袋をさげたお母さんと歩く子供。色んな人がいて、その中から自分だけはじかれたような気になってしまう。

——俺も、またいつか、あの輪の中に交ざれるかな。

流れていく光景をぼんやり見る中、ふと視線が縫い止められた。

目の前の横断歩道を伸仁が横切っていく。隣には若い女性がいる。夏なのに露出が控えられた清楚《せいそ》な服装。スカートからすらりとした足が伸びている。楽しそうになにか話しながら歩いていく。信号が青に切り替わり、車が発進する。思わず振り返ってしまった。

「誰か知ってる人いた？」

問われて、ハッと運転席を向いた。

「あ、う、うん、伸仁が」

焦っていたのでつい言ってしまった。

「あ、久しぶりでちょっとビックリして。女の人と一緒だった。幸せそうでよかった」

心にもないことを早口で言った。心にもない、と自覚している中途半端な自意識がうっとうしい。なにか違う話に変えたくて懸命に話題を探していると、

「今日、夕飯、なに食べようかなあ」

朔太郎がさりげなく会話をつなげてくれた。

アパートに帰る途中、明日のパンが切れていたのを思い出してスーパーの前で降ろしてもら

った。暑いのでかき氷も買った。バニラ入りの抹茶味をひとつ。いちご味をひとつ。ビニール袋にドライアイスを詰めて、片手にさげてぶらぶら歩いていく。

公園の前を通りかかり、喉《のど》の渇きを我慢できなくてベンチに腰かけて抹茶味のかき氷を食べた。身体の内側がすうっと冷える。けれど渇きはおさまらなくて、続けていちご味を開けた。抹茶もいちごも似たような味がする。冷たくて甘いだけで、喉は渇いたまま。

人工着色料の緑と赤。きっと舌が変な色に染まっているだろう。

鏡なんて持ち歩いていないので確認できないのが残念だった。

そういえば、前に伸仁と会った帰りもこの公園に寄ったことを思い出した。あのときと、今と、自分はあまり成長していないように感じる。

どうしてだろう。楽しいこともあったはずだ。今日は朔太郎の祖父に会えた。アパートのみんなに歓迎会を開いてもらった。夜の紋白蝶。℃ の月と星。ハートのキュウリ。ささやかだけど楽しいこと。そういうものが降り積もって、やがて痛みも思い出も遠ざかっていくのだと思っていた。実際、最近は伸仁を思い出す回数も減っていた。なのにたった一度のすれ違いでひっくり返された。忘れようと、なんでもないフリをし続けた日々を、簡単にゼロに戻されてしまった。まだ愛してるとか、好きとか、そういうことじゃなくて、十年つきあった相手と別れたんだな、ひとりになったんだな、ということを改めて自覚しただけだ。

どれくらいうつむいていただろう。斜め後ろに気配を感じた。

「……朔太郎さん」

振り向かずに名を呼んだ。

「だから、どうして、振り向く前にわかるの?」

嬉しいような困ったような声だった。

「だから、なんとなくだって」

泣き笑いで答えると、朔太郎はこちらに来て隣に座った。

「遅いから、ちょっと心配になって」

話しながら、朔太郎は空になったふたつのかき氷のカップを見た。

「ひとりで食べたの?」

「うん。抹茶といちご」

「べーってして」

「なんで」

「絶対、舌が変な色になってるから」

発想が同じで小さく吹き出した。

「つぐみさん、ごめん」

ふいに朔太郎が謝った。

「うん?」

問い返すと、朔太郎はどう言おうか迷うような顔をした。

「病院だから携帯切ってて、帰ってからメッセージ聞いた」

——つぐみです、お見舞いどうしますか?

「もしかして、今日、俺たち約束してた?」

真剣に問われ、つぐみは違和感を覚えた。あんなにはっきり約束したものを、メッセージを聞いたあとも思い出せないなんてあるだろうか。けれど先ほどの祖父の言葉がよみがえる。

——あいつはしっかりしているように見えて、たまに大ポカをします。忘れっぽいところもあるので、なにか失礼なことをしでかしたら遠慮せず叱ってやってほしい。

——根は真っ直ぐな男です。どうか見捨てずつきあってやってください。

「……本当にごめん。約束すっぽかしといて知らんぷりなんて」

「気にしないで。誰でもうっかりってあるから」

うっかりとは次元が違う気もしたが、こうして謝ってくれているし、今だって心配して公園にまで来てくれた。それだけで気持ちの秤《はかり》は感謝にかたむいてしまう。

「でも、もしメッセージが残ってなかったら、俺は謝ることもしなかった。つぐみさんも優しいから言わないままで、でも心のどこかで俺をいいかげんな男だって思う」

「思わないよ、そんなこと」

「何度も続いたらそう思う」

それはそうだろう。でも消しゴムで消したように物事を忘れるなんて、そう何度もあることじゃない。それをこんなに気に病むなんて、朔太郎は意外と心配性のようだ。

「大丈夫だって。今日のことは朔太郎さんのうっかりだけど、謝ってくれたし、この話はもうおしまい。そろそろ帰ろう。あ、夕飯まだだったら一緒に食べようか」

立ち上がると、腕をつかまれた。

「朔太郎さん？」

「好きなんだ。つぐみさんが」

咄嗟に反応できなかった。

「好きなだけで、それ以上どうこうじゃないけど」

「……ああ」

好きは好きでも、恋愛の『好き』ではないのだ。

そりゃあそうだろう。三十半ば売れない小説家が、八歳も年下の素敵な男の子とどうにかなるなんて、絶対ないことはないだろうけど確率としては低い。現実はきちんと認識しておかないと危ない人になる。それでもさっきみたいな瞬間、ふと夢を見てしまうのだけれど。

膝を折って、朔太郎と目の高さを近づけた。

「わかってるよ、朔太郎さん。俺でよかったらこれからも友人で――」

「そうじゃない」

引ったくるような言い方だった。つかまれた手に力がこもる。

「そうじゃなくて」

朔太郎はうなだれ、途方に暮れたように頭を横に振る。

「朔太郎さん？」

しゃがみ込んで下からのぞき込むと、朔太郎は顔を背けた。暗いのでよくわからなかったけれど、唇のあたりに赤いものがちらりと見えた。どきりと胸が不穏な揺れ方をした。

──血が出るほど、唇をかみしめている？

「なにかあった？」

朔太郎は答えない。

「前から思ってたんだけど、朔太郎さん、なにか悩んでることがある？　あんまり踏み込んだらいけないかなと思ってたけど、俺でよかったらいつでも聞くよ」

朔太郎は答えない。なのにつぐみの腕を離さない。どんどん力を込めてくる。痛い。つかんだ腕から、朔太郎が細かく震えているのが伝わってきた。

「ごめん、言えない」

朔太郎は震えながら首を横に振る。

「言えないけど、しばらくこうしててほしい」

どうして朔太郎がこんなことになっているのか、つぐみにはわからない。

わからないので、空いているほうの手でとにかく朔太郎を頭ごと抱きよせた。

夜の闇に紛れて、アパートまで手をつないで帰った。

柔らかな白熱灯のともった門の前まで来ても、朔太郎は手を離そうとしない。親に置いていかれるかもと不安がる子供のようで、つぐみの中で遠い記憶が巻き戻った。

――行ってくるよ。つぐみ、いい子でな。

夜勤の仕事へ行くとき、父親はいつも玄関で手を振った。

――行ってらっしゃい、お父さん、頑張って。

つぐみも父親に笑って手を振る。けれど本当はとてもさびしかった。ひとりで過ごす夜は怖くて、不安で、行かないでほしかった。本を読んで一緒に眠ってほしかった。ずっとそばにいてほしかった。けれど口にはできなかった。父が懸命に働いているのは自分のためだと、子供心にも痛いほどわかっていたからだ。幼かった自分が、不思議と今の朔太郎に重なる。

「朔太郎さん、行こう」

朔太郎の手を引いて、つぐみは菜園のある裏へ回った。

「開けて」

勝手口の前でそう言うと、朔太郎はポケットから鍵を出した。勝手口は大家である祖父の部屋と直通になっている。そこは今は朔太郎が使っている。

「大丈夫だよ。今夜はずっとそばにいるから」

電気はつけないまま、夜に沈んだ部屋にふたりで入ると、いきなり強く抱きしめられた。小さく聞こえたありがとうという声が頼りなさすぎて、宥《なだ》めるように背中を二度叩《たた》くと、がくんと身体が揺れた。膝を崩す朔太郎に引きずられるように床に倒れ込む。

「朔太郎さん、大丈夫？　膝とか打って――」

「……怖い」

聞き漏らしそうなほど小さな声だった。

なにが？　とはもう聞かなかった。それを聞いても、口にできないほど朔太郎は切羽詰まっているのだ。代わりに強く抱きしめると、朔太郎が身体を反転させた。

重なった唇と一緒に、全ての体重をかけてくる。重みで肺から空気が逃げる。苦しい。でも拒もうとは思わなかった。もっと深く唇を合わせた。

湿気を含んだ重い夏の空気に、すぐにうっすらと汗をかきはじめる。身をよじりながらのくちづけに、わずかに主張しはじめている中心に互いが気づいた。

引き返すならここが最後だ。

顔が見える程度の薄い闇の中で視線が合う。

言葉で問われたわけでも、了解を与えたわけでもないのに、ふたりの間だけで通じるなにかがあった。どちらからともなく顔を寄せ合って、もう一度唇を合わせた。途中で舌が入ってくる。迎え入れて、こちらからも吸い上げると小さく水音が立った。

「……服」

それだけで通じた。身体を起こし、暗闇の中、自分で服を脱いだ。

朔太郎の身体には余計な肉がなく、しっかりと肩が張り出していて、そこから逆三角形に流れていく腰へのラインに甘みのない色気があふれている。軽く動かしただけで筋肉の流れがわかりそうなしなやかな腕が伸びてきて、つぐみの痩《や》せた身体を抱き寄せた。

触れた肌は汗ばんでいて、手のひらにぴたりと吸いついてくる。畳の上で抱き合って、くちづけたそのとき隣の部屋のドアが開く音がして、ふたりは息をひそめた。

「大丈夫です。すぐ行くんで待っててください。十分で着きます」

貢藤の声と、廊下を大股《おおまた》で歩いていく音。恐らく担当している売れっ子作家に呼び出しをくらったのだろう。続いて階段から軽い足音が駆け下りてくる。エリーだ。

「いやーん、寝坊した。あ、貢藤くん、今日同伴して。このままじゃ遅刻なの」

「無理だ、こっちも切羽詰まってる」

無情に玄関が閉まる音に続き、ハイヒールの音が高らかに飛び出して行く。息を殺して抱き合っていると、二階からかすかに加南親子の笑い声が聞こえた。そういえばカレーの匂いもする。再び静けさを取り戻した部屋で、つぐみは小さく笑った。

「ここは本当ににぎやかだね」

「にぎやかなのは嫌い？」

「好きだよ。安心する。ひとりじゃないって」

「……うん、俺も」

そう言うくせに、朔太郎は群れからはぐれた動物みたいな目をしている。

誰とも分かち合えない秘密を抱えているような――。

もしかして朔太郎は、ここにいる誰よりも孤独なのかもしれない。

つぐみは朔太郎の首に腕を巻きつけて、自分から深いキスをした。唇だけじゃなく、頬や目の上にもした。くせのない髪を指で梳《す》きながら、厚めの耳たぶを一度だけ強めに噛《か》むと、朔太郎が驚いたように身体を竦《すく》めた。その反応につぐみは笑った。

「ひどいな、つぐみさん」

「ごめん」

「つぐみさん、イメージが少し違う」

「どんな風に思ってた」

「もっと受け身なのかと思ってた」

「こう見えても、朔太郎さんより年上だからね」

嘘だ。本当のことを言えば、それほど経験はない。伸仁とつきあう前は片想いばかりで、伸仁がつぐみの初めての男だ。伸仁はリードするタイプだったたし、どちらかといえばつぐみは任せてついていくタイプだった。けれど今は――。

「いいよ、朔太郎さんはなにも考えなくても」

身体を反転して上下を入れ替え、両手で頬を挟んで慈しむようなキスをした。

今夜の朔太郎はあきらかにおかしい。強く求めてくるくせに、流れに任せてついていくと、ふいに道筋を見失いそうな危うさがある。理由はわからないけれど、全部受け止めようと思った。

普段どれだけ明るく振る舞っている人間でも、崩れるときがある。たった一晩なのに、今まで積みあげてきた人生ごと叩き折られそうな孤独に襲われる夜がある。今夜、朔太郎はそこに立っているような気がした。

翌朝になれば幾分か楽になれるかもしれないのに、朝を待てなくて、そのとき、そばにいる誰かと橋が架かってしまうことがある。そのままずっと行き来が続くこともあれば、一度きりの過ちとして落ちてしまう橋もある。

今夜のことが、どちらになるかはわからない。朔太郎のいいようにすればいい。知りあってから今まで、朔太郎は色々な意味でつぐみを助けてくれた。その朔太郎がつらいとき、これしか術《すべ》がないのなら、身体を重ねたっていいと思える。

若いときならいざ知らず、たった一度のセックスにそれほどの価値がないことをもう知っている。けれどそのたった一度が、なにかを救うことがあることも知っている。

そろりそろりと身体を下げていき、朔太郎の中心に顔を伏せた。

「つぐみさ……っ」

身体を起こそうとする朔太郎を押しとどめた。

口でするのはそれほど慣れていない。それを見透かされないよう行為を深くしていく。充分に張り切った先端にくちづけ、ゆっくりと茎を伝いおりていく。根元に辿《たど》り着いたらまた上へ。先端の窪《くぼ》みに透明な丸い雫がたまりだす。それを吸い上げるたび、朔太郎は腰を跳ねさせた。乱れる息を聞きながら、つぐみは自分の背後に指を沿わせた。

「……っん」

口淫《こういん》を続けながら、つぷりと指を差し込んだ。自分で自分の準備をするなんて初めてだ。羞恥をこらえて探る内側は狭く、ひどく熱かった。余裕のない場所で、指を不器用に動かしてみる。途中、敏感な場所に触れてしまい、びくりと腰が揺れた。

「つぐみさん？」

朔太郎にも、つぐみがしていることが伝わったようだ。

「……ごめ、気にしないで」

一旦口を離し、途切れ途切れの息で言った。

その合間にも指に絡みついてくる襞《ひだ》の感触が恥ずかしい。

「つぐみさん、俺が――」

「いい。朔太郎さんはなにもしないで」

つぐみは強引に口淫を開始した。全体を含んで上下に扱くと、口の中にぬめった感触が広がる。朔太郎の快感が伝わってきて、背後をなぶる指が無意識に大胆になってしまう。

自分が感じる必要はないのに、指が敏感な場所を刺激してしまう。ちょうど性器の裏側あたりで指を折り曲げると、ダイレクトな快感にびくびくと腰が震える。

すっかり勃《た》ち上がった性器の先から、たらりと蜜がこぼれた。それを指先でぬぐい、自分で背後に塗り込めた。くちゅっと音がして、羞恥でそこがつぼむ。

繰り返すごとに、どんどんやわらかく蕩《とろ》けていく。もう充分となったころ、背後から指を抜いた。朔太郎の腰を跨ぎ、張り切ったものを自らの後ろに宛てがう。

「……つぐみさん」

朔太郎と目が合ったとき、そこがくぷりと口を開いて雄を受け入れた。衝撃にかすかな息がもれ、見つめ合ったまま、自重でどんどん朔太郎のものが入ってくる。

「……あ、んっ、あ……」

断続的に小さな声が漏れる。久しぶりに受け入れるそれはすごい圧迫感だった。わずかに痛みもある。けれどそれ以上に、蕩けた襞をかきわけられる感覚がたまらなかった。

互いが馴染むのを待つ間、朔太郎の視線がひどく気になった。

上に乗る体勢はあまりしたことがない。恥ずかしいし、それ以上に、あまり視覚的な思い出を残したくない。今夜のことが一晩のしくじりに分類されたとき、思い出は少ない方がいいと思う。多分、その方が朔太郎も楽に忘れられるだろう。

「……あんまり、見ないでほしい」

そうお願いして、つぐみはゆっくりと腰を遣った。浮かして下ろす。慣れないので最初はぎこちなかったけれど、だんだんと要領がわかってきて、たまに前後に揺らしてみると震えるような快感が生まれた。敏感な場所を圧迫されるたび、背筋がのけぞってしまう。

「……ふっ、う」

声を我慢していると、余計に呼吸が苦しくなる。外に逃がすことができない色々なもの、呼吸や、快感や、感情や、それら全部がじわじわと奥深いところまで浸透し、理性を蕩かしてゆく。ふと、かすかな刺激が胸に走った。朔太郎の指先が触れている。

「朔太郎さん、そこは――」

やめてほしいと首を振って訴えた。つぐみの胸は男にしてはひどく敏感で、円を描くように少し刺激されただけで、柔らかかった場所はみるみる凝っていく。背後を穿《うが》たれながら、恥ずかしいほど尖《とが》ってしまった先をこねられ、二重の快感に翻弄《ほんろう》される。

夢中にならないようにと戒めても、腰の動きが次第に大胆になってしまう。朔太郎の腰を跨いでいるので、勃ち上がった自分のものを隠すこともできない。腰を振るたび、つぐみの性器はゆらゆらと揺れながら蜜をたらし、朔太郎の腹まで濡《ぬ》らしてしまった。

「……んっ」

ふいに性器をにぎり込まれた。

「動いて」

そう言われて、再び上下にゆっくり動くと、朔太郎の手の中で自身がこすれる。自慰をしているも同然の行為に、頭の芯まで羞恥で沸騰した。

くちゅ、くちゅ、と小さく水音が聞こえる。

にぎりこまれた性器が先端から蜜をこぼして、朔太郎の手の中で悦んで啼《な》いている。性器だけではなく、つながっている場所すら、抽挿のたびいやらしい音を立てている。その間も絶えず胸の先をいじられ続け、赤くふくらんだそこは甘い疼《うず》きを全身に広げていく。

「……いやだ、これ」

さすがに耐えかねて訴えると、いきなり強く突き上げられた。

思わず大きな声が出かけ、手で口をおおった。バランスを崩したつぐみの腰を朔太郎がしっかり支え、そのまま幾度も奥まで突かれる。根元まで入った状態で腰を回されると、焼けるような快感に首を振るしかできなくなる。

「……あ、駄目、駄目、これ」

朔太郎の上に倒れ込み、部屋の外には聞こえないほどの小声で訴えた。

薄い闇の中で、朔太郎と視線が絡んだ。お互い快感に蕩けた目で、突き上げはさらに激しさを増していく。弱い場所ばかりを責められ、すぐそこまで限界が近づいてくる。

「……朔太郎さん、もう……っ」

きつく目を閉じた瞬間、重なった腹の間で快楽が弾けた。放出のたび内側が締まり、朔太郎が苦しげに眉をひそめる。ぐっと抱きしめられる腕に力がこもった。

「……くっ」

ふいに熱いものが流れ込んできて、朔太郎も達したのがわかった。脈打ちながら、どくどくと奥へと注ぎ込まれる。全身を震わせて耐える中、放った液体をもっと深く塗り込めるように腰を回された。達したばかりの襞が悦んで朔太郎を締めあげる。

「あ、あ、待って……」

力を失わないものが再び律動を開始し、悲鳴に似た短い声が漏れた。

「朔太郎…さ、お、願、声、出るから、お願いだから……っ」

涙声で訴えると、さすがに律動がゆるやかになった。

ゆったりとあやすような動き。けれどそれも時間が経つごとに苦しくなってくる。決定打のない快感に焦らされて、のぼせたような熱が身体に充満する。声を抑える自信がないので自分からねだることもできず、ただじっと最高に熟した状態が続くばかりだ。

それでも限界は来て、じわじわと波が岩場を削るような絶頂を味わった。かかった時間に比例するように、長く持続する快感に苛《さいな》まれるつぐみの中に朔太郎も放った。

ようやくつながりをほどかれたとき、濡れた音がして、注ぎ込まれたものがあふれた。ひどく恥ずかしい思いをしていると、汗で濡れた額にくちづけられた。

「つぐみさん」

名前を呼ばれた。幾度も幾度も呼ばれて、呼ばれるたびくちづけられて、それは、少しずつ触れられないはずの心にまで届いていく。

——あ。

一瞬、砂糖細工の針を胸の奥深くまで刺し込まれたように感じた。

針は体温で溶けて形を失くし、甘みだけが細胞のひとつひとつに浸透していく。

気持ちのないセックスにたいした意味はない。なのに肌を合わせてしまったあとで、いつの間にか自分の中で育っていた朔太郎への気持ちに気づかされてしまった。どうしてこのタイミングなんだと、なんだか茫然《ぼうぜん》とするくらいの間の悪さだ。

優しい人だと思っていた。

与えられた善意に感謝していた。

この先も友人づきあいをしていきたいと思っていた。

一見、恋とは関係ないものがひとつひとつ重なって、気づかないうちに気持ちの地層が深くなっていた。好意の根底にはいつも恋の可能性が眠っている。どれも今まで散々小説で書いてきたことなのに、いざ自分のことになると少しも見通せない。

——大丈夫、まだ引き返せる。まだ。

言い聞かせる間にも、唇へのキスは深度を増していく。

「あ……っ」

ふいに両足を割られ、濡れたままの場所に再び朔太郎が入ってくる。

「朔太郎さん、もう……」

押し返した腕をつかまれ、畳の上で拘束された。

まるで気持ちごとつかまれた気がして、瞬間、理屈抜きの歓びが生まれた。

たった一度のセックスに意味はない。でも気持ちが入ってしまったら交わし合う視線ひとつにも意味が生まれてしまう。まだ引き返せると繰り返し固めた気持ちが、ほろほろと崩れていくのを為す術もなく感じながら、馬鹿すぎる自分に泣きたくなった。


翌朝、つぐみの方が先に目が覚めた。

久しぶりの行為は、色々な予想を裏切る激しいものだった。

身体は疲れ切っているのに頭は冴《さ》えていて、朝方ようやくウトウトしかけたけれど、肩に置かれた朔太郎の腕が畳に落ちて、それだけの揺れで目が覚めてしまった。

「……朔太郎さん」

息だけで名前を呼んでみた。朔太郎の寝息は深く、目覚める気配はない。

そのことに安心して、つぐみはそっと身体を起こして顔を近づけた。

澄んで濁りのない寝顔にしばし見とれる。今、どんな夢を見ているのだろう。

――怖い。

昨夜、そうつぶやいて震えていた心は少しは救われただろうか。つぐみは乱れている朔太郎の髪をそっとなでた。起こさないよう、そうっと、そうっと、なでつける。ふと、斜め後頭部に隙間を見つけた。三日月の形の傷痕。そこだけ髪がない。

――怪我？

普段は隠れているので気づかなかった。つぐみは子供時代の朔太郎に想いを馳《は》せた。きっと半ズボンで駆け回っていたんだろう。木の棒を見つけたら必ず拾ったろう。それを振り回して遊んだろう。そして怪我をする。いくつも。そうして大きくなっていく。

「……なに、笑ってるの？」

掠《かす》れた声がして、視線を朔太郎の顔に戻した。いつの間にか目が開いていた。

「いつから起きてた？」

「少し前」

「頭、怪我あるね」

そう言ったとき、朔太郎が目を細めた。笑っているようには見えなかった。

「ちょっと。事故で」

「昔?」

「うん、少し」

朔太郎は身体を起こし、脱ぎ散らかされたシャツを羽織った。

「……つぐみさん、俺、昨日」

うつむきがちにしきりに首筋に触れる。どうやってこの始末をつけようか。全身から後悔がにじんでいて、考えるまでもなくつぐみの態度も決まった。

「なんか、あちこち痛い」

小さく笑うと、朔太郎がこちらを見た。

「朔太郎さん、激しいし、ちょっと驚いた」

話しながらシャツに手を伸ばし、「こういうの照れるね」と背中を向けて服を着た。こういうとき、下手に蓮っ葉《はすっぱ》な態度を取るのはよくない。無理をすると逆にボロが出て見破られたりする。だから、つぐみはなるべく普段の自分通りに振る舞った。

「朔太郎さん、そんな顔しないでいいよ」

「え?」

つぐみは乱れた自分の髪をさりげなく直した。

「俺、朔太郎さんには部屋貸してもらったり、落ち込んだとき励ましてもらったり、たくさん助けてもらってすごく感謝してる。だから俺も単純に朔太郎さんの役に立ちたかった。だから、なんていうか、昨日はそういうことで……責任とかはいいです」

冗談ぽく聞こえるように、最後はわざと敬語にしてみた。

こうして自分から距離を置くことで、自分の気持ちも宥めているようだった。

虚実半々のつぐみの言葉に、朔太郎は眉根を寄せている。子供が必死に直感を働かせているような、あるいは大人が洞察力を駆使しているかのような、どちらにも見える表情。自分の気持ちなどすぐ見抜かれてしまいそうで、身の置き所がなくなってくる。

「父ちゃーん、ただいまー。お腹減ったー」

ふいに玄関からイチローの声がした。夏休みのラジオ体操から帰ってきたらしい。

「おかえり。今朝は昨日のカレー。父ちゃんもう仕事行くから皿だけ洗っといて」

加南の声と足音が二階から下りてくる。

「うん、わかった、行ってらっしゃーい」

元気に二階へ駆け上がっていく足音と入れ替わり、おはようさんと眠そうな瀬戸の声が下りてくる。洗面所の蛇口をひねる音。勢いよく水が流れる音。

「……じゃあ、俺もそろそろ」

雑多な生活音に紛れて、つぐみは立ち上がった。

「つぐみさん」

朔太郎が顔を上げた。困ったような表情に胸がぎゅっと絞られた。

「みんなに見られたら、俺も困るから」

俺も——にアクセントを置くと、朔太郎は小さく開けていた口を閉じた。

じゃあねと腰の位置で小さく手を振り、つぐみは昨夜のように勝手口から出て行った。一歩踏み出した裏庭は西向きで、朝陽は当たっていなかった。


その日から三日間、朔太郎は町内会の旅行でアパートを留守にした。旅行と言ってもなんでも屋の仕事だ。参加者の七割が老人なので、その世話役らしい。

あの夜のことは、あの朝に別れたきり、そのままの形で置いてある。動かそうとは思わないし、動かしてはいけないと自分を戒めている。

今回のことは、色事が苦手な自分にしてはよくやった。なのに、どうしてこんなに悲しくなるんだろう。いつも考えなくてもいいことまで考えて自分を追い込むくせに、今は『どうしてこんなに悲しい』のか考えることが嫌で必死で逃げている。

あの夜、朔太郎はとてもきわどい位置にいた。それを守りたいと願ったのは自分だ。別に身体を重ねたくらいで守れたなんて思っていないけど、少しでも役に立てたならそれでいいじゃないか。最初からそういうつもりだったじゃないか。

高い位置にあるステンドグラスから、赤、青、黄、カラフルな光が降り落ちる。畳に仰向《あおむ》けになってそれを浴びながら、神さまはいるのかなと考えた。

もしいるなら、もうこれ以上、なにも動かさないでくださいと願った。

朔太郎からもらった、いくつものきれいなもの。

恋とは関係ない場所から生まれた、善意とか、優しさとか、言葉にできないものたち。

きれいなものは、きれいなまま置いておくのが正しい。

正しいことをするには力がいる。

それは、この世のこと全てに共通する決まり事なのだ。

時間と共にゆっくり移動していく光と一緒に、少しずつ身体を移動させた。

美しい光を浴びて、心に生まれたこの気持ちを消し去りたかった。


「こないだのやつ、すごく反応いいよ」

打ち合わせのテーブルの向こうで中西《なかにし》が声を弾ませる。先月の小説『新波《しんぱ》』に掲載されたつぐみの中篇小説の評判がいいらしい。

「これ、今度の新刊、動くんじゃないかなあ」

「そうですか?」

期待したい気持ちと、期待したら肩透かしを食うぞという気持ちがせめぎ合う。初版も下がった今の状況で、今度の新刊が売れなかったら危ないかもしれない。編集部の意向はともかく、営業部の判断次第では、最悪切られるかもしれない。いつの間にか雑誌で見なくなり、そのうち新刊も出なくなって消えた作家は山ほどいる。名前を思い出そうとしても出てこない。それこそが消えた理由を物語っている。

次の雑誌作の打ち合わせを少ししてから、中西と別れた。店を出ると、昼間の熱気で息が苦しいほどだった。横断歩道で信号が変わるのを待つ中、ふと隣に立つ男に意識が向いた。夏なのにぴしりとスーツのラインが整っている。ちらりと見ると伸仁《しんじ》だった。向こうもこちらに気づき、小さく目を見開く。何秒かの間のあと、先に笑いかけてきたのは伸仁だった。

「久しぶり。珍しいな、つぐみが街に出てくるなんて。打ち合わせか?」

よくわかっている。信号が青に変わって、自然と並んで歩き出した。

「毎日暑いな。夏はサラリーマンにはつらい季節だよ」

「伸仁はジャケット脱がないから」

夏はどれだけ気をつけていても汗でシャツがよれる。ジャケットを脱ぐとだらしなく見えるから嫌だといつも言っていた。自分と別れても、伸仁の生活にはなんの変化もない。少しくらいだらしなくなっててくれれば、自分の存在価値も感じられたのだろうか。いや、そんなことで確認できる程度の存在価値など逆に情けなくなるかもしれない。

「こないだ、伸仁見たよ」

「え、どこで？　声かけてくれればよかったのに」

「女の人と一緒だったし」

一瞬、伸仁の反応が遅れた。

「もしかして、結婚相手、とか？」

「……うーん」

伸仁は時間稼ぎをするように唸《うな》る。それだけで答えはわかった。

「このまま行けば、そうなるかもな」

あえて断定しない言い方を、優しさと取るか、ずるいと取るか。

「よかったね。お幸せに」

「ごめん」

「なんで。別れたんだからもう関係ないよ」

小さく笑った。けれど胸が痛かった。別れを受け入れていても、相手の新しい恋を心から祝えるまでにはそれなりに時間がかかる。

「つぐみは？」

問い返されて、朔太郎《さくたろう》の顔が浮かんだ。

「気になる人はいるけど」

「えっ？」

仲仁がこちらを見た。別れて以来、こんな焦った顔を見たのは初めてだ。仲仁もそれに気づいたのか、すぐにそうかと笑った。作り物めいた笑みのまま聞いてくる。

「今、楽しいか？」

「うん、それなりに」

つぐみも作り物の笑みを浮かべた。嘘じゃない。ささやかな楽しみは日々ある。けれどそれをあっけなく覆《くつがえ》すアクシデントが起きるだけだ。なんだかおかしくて本当に笑った。

「つぐみ、明るくなったな」

仲仁はなにか誤解している。けれど誤解させたまま、じゃあと別れた。

しばらく歩いてから振り返ったが、ビジネスマンの多いビル街で仲仁の姿はもう見つけられなかった。また前を向いて歩き出しながら、色々なことを考えた。

あのまま、ずっと仲仁と生きていくのだと思っていた。いつか一戸建てに住みたいと話していたし、犬と猫を飼おうと話していた。けれど全部夢みたいに消えてしまった。

じゃあと、この先の十年を描こうとしたけれど駄目だった。

今日生きてても、明日はどうなるかわからない。

人生はそういうものだと思い知った。

いつまで作家を続けられるかわからないし、だとしたら外に働きに出るんだろうし、作家以外自分になにができるかなんてわからない。仕事は人生の根幹で、足元がユラユラしているから描く未来がぶれるのは当然だった。

じゃあ恋愛はと考えても、こちらも仕事と同じくらい先細りだった。仲仁がいた場所に朔太郎を置くことは考えられず、けれど誰か他の人を……とは考えもできなかった。

つぐみはゲイバーなどへ通うタイプではなく、家にこもる仕事なので人と知りあう機会も少ない。普通の男女でもある程度の年齢になると出会いがないと嘆くのに、ゲイの自分がこれからそういう相手と出会える確率はかなり低いように思える。

とりあえず人生七十歳としてあと三十五年。運良くいい相手と巡り合えればいいが、ずっとひとりだった場合、身内がいない分、さびしさは想像を絶する。

――せめて、友達はたくさんいた方がいいなあ。

人と話をするのは下手だし、にぎやかなところも苦手だけれど、そうも言ってられない。とりあえず外に出て知り合いを増やし、中には気の合う人もいるだろう。

朔太郎とも、今のまま友人でいられたらいい。

友人なら、自分と朔太郎はいい関係を築ける。元々気持ちに形などないのだから、友人という名前の器に注いでしまえば、そのうち器に沿った気持ちになるだろう。

なんとかなる。多分。恐らく。きっと。

自分で自分を励ましながら、ふと立ち止まった。

嘘だった。気持ちなんてそんな簡単なものじゃない。

わかっている。それでも、朔太郎のそばにいたいのだ。

友人でもいいから、これからもなんでもないことを話せる仲でいたい。

だったら、やっぱり、あの夜のことは水に流さないといけない。

朔太郎はどう思っているだろう。根が真面目だから今ごろ悩んでいるかもしれない。だったら、改めて自分から友人でいようと言った方がいいんだろうか。

午後になるほど気温は上がっていき、つぐみはビル街に出されたおしゃれなアイスクリームショップへ視線をやった。ワゴン車で区内を回っているんだろう。この暑さで、若い女性だけでなく中年のサラリーマンも買っている。つぐみもバニラをひとつ買った。

地下鉄の駅へと歩きながら、ぺろりと舐《な》める。冷たくて甘い。

「……がんばれ」

見上げると空が青かった。夏の積乱雲はところどころ発光するようなまぶしい白で、クッションみたいに座れそうな重量感がある。伸びをするフリで両手を空に広げると、持っていたコーンからアイスクリームがすべり落ち、地面でぺちゃりと音を立てた。

帰宅すると、アパートの玄関に紺のデッキシューズがあった。朔太郎の靴だ。

「温泉饅頭って小さめだから好き」

ドアが開いたままの朔太郎の部屋から、エリーの声が聞こえた。

「俺こっちのクッキーがいい。クッキー、クッキー」

イチローのはしゃぐ声と一緒に、部屋からみんながぞろぞろ出てきた。それぞれの住人の手にお土産がある。瀬戸《せと》が「おみやあるよ」と朔太郎の部屋を指さす。

「おかえり」

ドアの隙間から声をかけると、朔太郎がこちらを見た。荷物の整理をしていたのだろう、散らかった服やみやげ袋に取り囲まれている。つぐみを見て小さくほほえんだ。

「ただいま。おみやげあるよ」

その言葉で、お邪魔しますと中に入った。

「つぐみさんにはなにがいいかなあって色々迷ったよ」

渡されたのはポストカードのセットだった。水彩画で朝顔や西瓜《すいか》がふんわり描いてある。淡い色使いがきれいだ。仕事机の前に貼ると言うと、朔太郎は嬉《うれ》しそうだった。

「色々、中途半端なまま留守にしてごめん」

ふいに切り出され、どきりとした。

「今さらどの面下げてって感じだけど」

「いいよ、俺の方も言葉が足りなかったし。でも俺は――」

これからも朔太郎と友人づきあいがしたい。

「これからも、大事な友人でいてほしい」

先に言われてしまい、つぐみは思わずうろたえた。

朔太郎は優しいから、誠実だから、自分からはそういうことを言えないかもと心配していた。なのにここまではっきり言われてしまった。それだけ可能性がないということだ。こちらも同じことを言おうとしていたくせに、ショックを受けている自分が恥ずかしかった。

「うん、当然だよ。これからも友達でいよう」

うまく笑えたと思う。でも中身は空っぽだった。

「おみやげ、ありがとうね」

ポストカードを手に立ち上がろうとしたが、

「待って。まだ続きがあるんだ」

つぐみは首をかしげた。

「どうしても、つぐみさんに聞いてほしいことがある」

朔太郎は泣きそうな顔をしている。

「……うん、聞くよ」

つぐみは中途半端に上げた腰を下ろした。

「でも、あの夜のことは、俺にもそうしようって意志があったからだし、朔太郎さんが俺を力ずくでとかそういうんじゃない。だから、もし謝罪とかなら聞きたくない」

そう言うと、朔太郎は複雑に表情を崩した。

「なんでかな」

朔太郎は笑った。でも全然笑っているように見えない。

「つぐみさんといると、なんでかいつも許してもらってるように感じる」

「そんなこと……」

「つぐみさんの顔、好きなんだよ。笑うと目が三日月みたいに細くなって、すごい優しくて、たまに泣きそうにも見えて、強すぎないから、俺みたいな人間は安心できる。仏の心を慈悲って言うじゃない。そういうの思い出す。どんな価値のない人間でも、ここにいていいですよって言われてるみたいで、つぐみさんの小説を読んだときも同じこと思った」

朔太郎は話しながら天井を見上げた。そこにはつぐみの部屋と同じ半円のステンドグラスがはまっていて、向かい合う自分たちの間を美しい色彩で隔てている。

「俺の頭の傷、三年前に事故に遭ったときのものなんだ」

「事故？」

問う声が不安に揺れた。なんだろう。なにかとても恐ろしいことを聞かされる予感がする。

「頭を強く打って、壊れたんだ。中が」

「……中……？」

「壊れるときって、結構簡単なんだよ」

朔太郎の声はぞっとするほど静かだった。

あの日、取引先との約束に遅れそうだった朔太郎は、赤に変わる間際の信号を走って渡る途中、停車していたトラックの陰から飛び出してきたバイクにはねられた。信号はすでに青に変わっていて、バイクは停車する必要を感じなかったのだ。

外傷は、アスファルトに後頭部を打ったとき切った傷だけだった。脳波にも異常はなく、朔太郎も含めて家族や友人みんなでラッキーだと笑い合った。

きっかけはささいなことだった。

正月に同僚から届いた年賀状に、マシュマロみたいな赤ん坊の写真が使われていた。差出人は同僚の名前を筆頭に家族の連名。赤ん坊は玲菜《れいな》というらしい。結婚式には出たので奥さんは知っている。でもいつの間に子供ができたんだろう。

休み明けに聞いてみると、なに言ってんだと笑われた。

「去年、生まれたって報告しただろう。課から祝いもくれたじゃないか。というか、おまえは結婚まだなのか。そろそろ考えろよ。子供がいると毎日に張りが出るぞ」

肩を叩《たた》かれ、朔太郎はそうだなと笑って受け流した。女性を愛せない朔太郎には、子供はおろか結婚すら遠い話だ。けれど一生を共にできる恋人がいればそれでいい。人と違うことを嘆くより、違う部分を楽しめばいい。あのときはそんなことに思考が流れ、本当の問題点は見過ごされてしまった。

その次は、領収書を早く出せという経理からの苦情だった。引き出しを開けると領収書の束が出てきた。繁忙期だったのですっかり忘れていたのだ。経理の口うるささには毎回参る。けれど金勘定はそれくらいでちょうどいいんだろうなと、また的外れな感心をしていた。

三度目は、ちょっと笑っていられなかった。週末までにまとめる予定の見積もりを忘れたのだ。最後の見直しだけだったので致命的なミスにはならなかったが、ひやりとした。

「仕事に慣れはじめたころが一番やらかすもんだ。気を引き締めろ」

先輩に頭を下げながら、なにかがおかしいと感じていた。うっかりミスは誰にでもあるが、最近多くないか。先輩の言うとおり、たるんでいるんだろうか。

――よし、一旦仕切り直そう。

重大なミスをしたのは、そう気を引き締めた矢先だった。

一期分の売り上げの三分の一を占める取引先の仕事で、大型ショッピングセンターの施工納期を三日間違えた。途中で納期が早まったのをすっぽり忘れ、元のスケジュールのまま工程管理をしていたのが、納期間際、担当と話が嚙《か》み合わなくなり判明したのだ。

若手の朔太郎が任されていたのはセンターの一部だけだったが、それでも申し開きに部長を現地にまで走らせてしまう失敗だった。大手と言っても建設業界の男は気が荒い。罵声《ばせい》に近い叱責《しっせき》を浴びながら、朔太郎は茫然《ぼうぜん》としていた。

納期の変更なんて、そんな重大なことを忘れるだろうか。

もしかして、本当にもしかして、取引先の失敗をなすりつけられたんじゃないか？

サスペンスドラマみたいなことを考えるほど、この状況が信じられなかった。

そして恥を忍んで、席が隣の後輩に聞いたのだ。けれど答えは――。

「……すいません。俺、聞いてました。電話で荒野《あれの》さんが納期変更のこと話してるの」

後輩の目には申し訳なさと、同情と、ほんのわずかな軽蔑《けいべつ》が見えた。

その日、朔太郎は初めて酔いつぶれるまで飲んだ。失敗は誰にでもある。それを誰かのせいにするなんて、自分はこんな男だったのか。けれど本当に覚えていないのだ。全員覚えているのに、自分の頭の中からだけ、そのことが消え失せているのだ。

なにが最初だった。同僚の赤ちゃん？　経理に出す領収証？　祖父に頼まれた和菓子を買って帰るのを忘れたのは？　見積もりの提出期限を忘れていたのは？　夕方には連絡すると言ったのに、忘れていて後輩に無駄な居残りをさせてしまったのは？

そして今回――。

忘れたんじゃない。きれいさっぱり記憶がなくなっているのだ。なぜだ。どうしてだ。自分の頭の中はどうなっているんだ。そのとき、ふと酒を注《つ》ぐ手が止まった。

――頭？

震える手を、恐る恐る後頭部に持って行った。傷はもう治っている。でも中は？　中はどうなっているんだ。にぎやかな店内で、朔太郎は寒気に包まれた。

翌週、有休を取って精密検査を受けた。これといった異常は見つからなかった。けれどあきらかな健忘の自覚がある。総合すると、事故のときに頭を強く打ったことが原因ではないかと言われた。予想していたので、そこまでは必死で踏ん張れた。

「すぐに治療してください。仕事に支障が出てるんです。困るんです」

訴える朔太郎に、医師はにっこりと笑った。

ざわりと肌が粟立《あわだ》つような、感情の見えないプロフェッショナルな笑みだった。

そうして聞かされたのは、とりあえず経過を見ましょうという曖昧《あいまい》な答えで、張りつめていた糸は切れた。経過を見るなんて、そんな余裕はないのだ。今この瞬間も大事なことを忘れているかもしれないのだ。明日、会社でミスをするかもしれないのだ。

「荒野さん、落ち着いてください。今の状態は一過性のものかもしれない。事故から半年以上経ってますし、荒野さんの今の状況を僕も把握していない。そんな状態で治療はできないでしょう。とにかく一週間後、もう一度来てください。そして、その間にあったことをなるべく詳しく教えてください」

朔太郎は、はい、はい、と拳をにぎりしめて何度もうなずいた。

次回診察までの一週間、会社ではなにもミスは起きず、金曜日に自宅に帰る電車の中でホッとした。自分が考えすぎていただけだったのかもしれない。一過性のものかもしれないと医師も言っていた。次の診察でこの一週間なにも問題はなかったことを言うと、医師は笑顔でうなずき、また一週間後の来院を指定した。

しかしその週、ミスをした。営業補助の女性に一部資料を渡し忘れていたのだ。別にたいしたミスじゃない。なのにひどく気になってしまい、なにか不都合があったらすぐに言ってほしいとみんなに言って回った。その週の金曜、主任から飲みに誘われた。

「なんか悩みでもあんのか？　こないだのこと引きずってんなら、もう忘れろ。誰だって一回二回とんでもないミスするんだよ。俺だって二年目のとき——」

主任は自らの失敗談を語り、朔太郎を励ましてくれた。ありがたくて、けれど本当のことは怖すぎて打ち明けられなかった。

自分は病気で、その病気に有効な治療法がないなんてことは——。

毎日誰かと適度に話をするとか、指先を使うとか、積極的に頭を使うとか、あまり気に病まないとか、朔太郎にできるのは、せいぜいその程度のことだった。

朔太郎の健忘は今はまだ程度が軽い。けれどこの先はわからない。今のまま止まってくれたらラッキーだ。けれど進行するかもしれないし、するとしたらどれくらいだろう。物忘れの範囲ですむのか、もっとたくさんのことを忘れるのか。

自分の周囲のことを忘れるのか。人を忘れるのか。友人は。家族は。昔飼っていた犬の名前は。初恋の人の名前は。サッカーで優勝したことは。それら全てを忘れて、自分が自分でいられるのか。ああ、最後は自分が誰かを忘れるのか……。

叫び出したいほどの恐怖だった。

その日から、朔太郎はなんでもメモを取るようになった。なにを忘れてもいいように小さなことでも書き留める。けれど取引先ではその場で全てメモすることは不可能で、あとで書き出せるよう、必死で話に聞き入った。相手が冗談を言っても聞き取ることに必死すぎて、楽しい会話というものができなくなった。取引先からの評判は当然下がった。営業は仕事の出来に加えて、どれだけ相手と仕事以外の話ができるかでも優劣をつけられる。

それでも忘れることが怖くて、その場の会話に集中できない。だんだんと眠りが浅くなっていった。ベッドに入っても、その日に起きたことを全て思い出して、いちいちノートを確かめないと不安になる。しかし自分の二十四時間を完全に記載するなど不可能で、細かなミスを繰り返す。それにいちいち過敏に反応する。アシスタントの女性や後輩に同じことを何度も繰り返し確認し、煙たがられ、朔太郎は次第に課内で孤立していった。

ある日ついに課長から呼び出され、病状を隠しておけなくなった。最初は軽い健忘だったが、そこからくる不安で精神科の薬も処方されていたのだ。

少し休んだらどうかと言われたとき、足元から力が抜けていった。

この会社で休職を勧められるということは、退職勧告と同じだった。どれだけ大手で福利厚生が手厚くても、建設業界は基本男の世界だ。弱い雄は蹴落とされる。あくまでさりげなく、やんわり、可能性として『自分で考えて』みてはどうかと勧められた。

家族もそうした方がいいと言ってくれた。少し前、自分の症状を打ち明けたとき、両親はうろたえた。「必ず治る」「気晴らしに旅行でも行ってきたらどうだ」「そういうのは気分の問題だから」「心を強く持て」両親は心底心配し、朔太郎はますます追い込まれた。

間に入ってくれたのは祖父だった。両親からの励ましと慰めでほとんど潰《つぶ》れかけていた朔太郎を、しばらくこちらであずかると家から引き離してくれた。

けれど、アパートに移り住んでも特に変化はなかった。休職手続きを取り、健忘の診察とカウンセリングに週一度通院する。それだけの生活。毎日なにもしないので、なにかを忘れる心配もない。忘れても不都合がない。病気の心配以外なにもすることがない。

事故に遭うまで、朔太郎には夢や希望があった。

頑張れば、それらは叶うと思っていた。

けれど今はどうだろう。

壊れた頭は、蛇口みたいにポタポタと記憶を垂れこぼす。友人とも会わなくなった。恋人はいなかった。大学時代からつきあっていた人がいたけれど、社会人になって忙しさを理由にすれ違いが増えて別れたのだ。気になる人はいたけれど、まだ友人の域に留まっていた。好きな人を巻き込むのは嫌だったので、却ってよかったと思えた。

嘘だ。会社から見捨てられたのと同じように、好きな人から見捨てられるのが単に怖かっただけだ。実際には見捨てられたりしていなかった。けれど見捨てられたように感じていた。それがもう病気だったのだ。朔太郎の人生は、オセロみたいに簡単に反転した。

つぐみの小説を読んだのは、そんなときだった。

カウンセリング待ちをしているとき、誰かが忘れていったものだった。

『よる、ひかる』

タイトルに、かすかに興味が湧《わ》いた。

朔太郎がなにかに少しでも興味を持つのは久しぶりのことだった。対人だけでなく、それまでよく聴いていた音楽も、好きだった映画も、通っていたジムも、なににも心が動かない日々が続いていたのだ。だらりとたるんでとぐろを巻いている紐《ひも》みたいだった。

初めて読んだつぐみの小説は、病的に潔癖症の男の話だった。濡《ぬ》れたタイル、家以外のトイレ、蛇口、つり革、少しずつ行けないところ、触れないものが増えていく。社会から疎外されていく。その追いつめられ方が自分の状況に重なり、朔太郎は途中で読むのをやめた。けれどやはり続きが読みたくなって恐る恐るページをめくった。

あれはまるで、自分の未来が描かれた予言書のようだった。

最後まで、主人公の潔癖症は治らなかった。いや、もっと悪化した。けれど主人公は自分が触れられる半径一メートルの中で幸せを見つける。丸く縮まった胎児の体勢で目を閉じて、心の底から熟睡する。救いがないとも言える。けれど、じゃあああのラスト数ページの行間に漂う幸福感はなんなのだろうと不思議だった。悲惨。でも幸せ。

どうしてこんな安らいだ気持ちになるのか、うまく言葉にできなかった。

悲惨でも生きている。生きていてもいい。許された。そう思ったのかもしれない。事故以前の朔太郎なら、おそらく理解できなかったと思う。悲惨な話だなとすぐ忘れた気がする。もしくは、幸せって人それぞれだなとわかったフリで素通りするだけか。

そのときの朔太郎は、忘れることも、素通りすることもできなかった。

病気になってから、ずっと『こんなところ』にいてはいけないと思っていた。早く歩き出さなければ、早く抜けださなければと焦っていた。けれどつぐみの小説は、朔太郎が抜けだしたかった『こんなところ』を描いていて、それに立ち止まらされた自分がいた。

素通りできないまま、『こんなところ』に朔太郎は立ち尽くした。祖父の菜園の手伝いをするようになった。アパートの廊下や玄関の、切れた電球を取り替えることもした。門や屋根の修理もした。そのうち住人同士の飲み会に参加するようになった。

そんなとき、たまたま近所の独居老人から庭の手入れを頼まれて、どうせ暇なので引き受けたら、帰りにありがとう、助かったと言われた。あのときの気持ちは言葉にできない。

それから、朔太郎はなんでも屋をはじめた。

自分のできる範囲で、約束事はメモして、それでも完璧には無理だ。たまに先日のような書き忘れをする。それでもまだ『こんなところ』に居続けている。今は自分の意志で。


「俺は、つぐみさんの小説に救われたんだよ」

朔太郎は淡々と、静かに全部を話し終えた。

「なのに、よりによって、そのつぐみさんとの約束を忘れるなんて」

つぐみはなにも言えなかった。大事なときほど、この口は機能を失う。

「つぐみさんの小説は全部読んだ。どんな人なんだろうって想像したり、サイン会やインタビューがないかとネットで検索したり。だから知り合えたときは驚いたし、つぐみさんの力になれて本当に嬉しかった。ムームーにまで感謝したよ」

朔太郎は伏し目がちに、手のひらを開き、ゆっくりとにぎりこむ動作を繰り返している。

「元気なときだったら、すぐつぐみさんに恋してた」

ゆっくり開く。そして閉じる。

「でも、元気だったらつぐみさんの小説を読む機会もなかったと思う」

つぐみさん、と朔太郎は伏せていた目を上げた。

「俺は、もう、誰とも恋愛はしません」

一瞬呼吸が止まり、つぐみは膝の上で固く手をにぎった。

「今はまあ普通に過ごしてるけど、この先はわからない。どんどん症状が進むかもしれない。そうなったとき、忘れられてしまう恋人がかわいそうだ」

朔太郎の顔から、まるで蠟燭《ろうそく》の火を吹き消すように笑みが失われた。

外はすっかり黄昏《たそが》れて、天井のステンドグラスはもう光を落とさない。

あとは、ただ、ひたすら夜が続いていく。

――怖い。

あの夜の朔太郎の言葉が鼓膜によみがえって、つぐみはきつく目を閉じた。

怖い。これは本当に怖い。身体が芯から震えてしまう。

自分なら立っていられないかもしれない。

――この先どうなるのかなって、俺もたまに考えるよ。

――俺たちもなんとかなるって思ってる。

菜園の手入れをしながら、朔太郎は言っていた。

あのとき、つぐみはわずかな隔たりを朔太郎に感じた。

朔太郎には家族がいる。裕福な家がある。安心できる土台があるから、なんとかなると思えるのだ。自分みたいな身内のいない者の気持ちはわからないだろうと。でも、あのとき笑顔でつぐみを励ましてくれた朔太郎自身が、つぐみよりはるかに厳しい場所にいた。

——忘れられてしまう恋人がかわいそうだ。

朔太郎はそう言う。

そうだ。本当にそうだ。

愛する人に忘れられることは悲しい。

だから、愛する人は作らない。そんな覚悟をしている朔太郎はもっと悲しい。

「……朔太郎さん」

名前を呼ぶと、ポストカードの淡い朝顔に涙の水滴が落ちた。

朔太郎は急に居住まいを正し、正座でつぐみに向き合った。

「男として、無責任なことをしました。この通りです」

朔太郎は畳に両手をついて頭を下げた。

「やめて、朔太郎さん」

つぐみは慌てて朔太郎の頭を上げさせた。

「あれは、お互い合意だったんだから」

「……ごめん」

朔太郎は口角をわずかに引き上げた。

「無理して笑うのも、もういいから」

笑顔の優しい人だと思っていた。そばにいると気持ちが安らいだ。でも――。

心の中で強い感情が渦を巻いている。朔太郎がこんな思いをするのは間違っている。絶対に間違っている。悲しいとか苦しいとか通りこして、怒りすら湧いてくる。つぐみは乱暴に涙をぬぐい、膝立ちで朔太郎に近づいた。

「大丈夫だよ」

そう言い、朔太郎を抱きしめた。

「つぐみさん、俺は――」

「大丈夫だから。もうなにも言わないでいいから」

頭ごときつく抱きしめる。

「俺と、朔太郎さんは、友達だ」

心の中に芽生えていた気持ちを、自分の手でぱちんと摘んだ。

その芽には恋や愛という名前がついていて、時と場所が違えば美しい花を咲かせたかもしれない。でも、もういい。朔太郎の両手には今でもたくさんの重い荷物がぶら下がっていて、誰かに押しつけられた花束など持つ余裕はないのだ。

「俺には、たいしたことはできないけど」

自分はなにも持っていない。それをこんなにはがゆく感じたのは初めてだった。でも、持っていないことを嘆いている暇や余裕はない。自分が持っているものの中で、朔太郎のために使

えそうなものを探せ。なにかあるはずだ。なにか。

「……小説を書くよ」

考え抜いた末、そこに辿《たど》り着いた。自分を救えない人間に誰かを救える力はなくて、つぐみを救うものは『小説を書くこと』だった。つぐみの小説に救われたと朔太郎は言った。その言葉につぐみ自身が救われる。だから――。

「たくさん、書くよ」

泣いている余裕はもうない。

「書くから」

この恋は、心の中で想うだけになる。多分ひどくつらい。でもその覚悟をしないと、朔太郎のそばにはいられない。朔太郎が負っている荷はとても重い。だから、自分がさらになにかを背負わせることだけはしないでおこう。

シャツの胸あたりがしっとりと濡れていく。朔太郎が声もなく泣いている。服を通して、心の中まで染み込んでいく。

昔から、つらいことはたくさんあった。そのたび絶望したり、宗教心もないのに神に祈ったりした。でももう自分のことはいい。神さまなんて存在がもし本当にいるのなら、どうか自分の分までふたり分、朔太郎を救ってくれないだろうかと願った。

　開け放した窓から軽トラのエンジン音がして、つぐみはパソコンのキーから手を離し、畳を這《は》って窓際へ寄った。

「朔太郎さん、おかえり」

　窓枠から身を乗り出して声をかけた。

「ただいま」

　黒い真鍮《しんちゆう》の柵に置かれた白のゼラニウムの鉢植え越しに、二階を仰《あお》ぐ朔太郎が見える。

「朔太郎さん、南瓜《カボチャ》そろそろ穫った方がいいよ。オクラも」

「ああ、じゃあ昼飯の前にやっとく」

　朔太郎は裏の菜園に回って行き、つぐみはパソコンの電源を落とした。夏の間に買った麦わら帽子を手にしかけて、今日は涼しいからいいかと戻して部屋を出た。

　菜園をのぞくと、朔太郎が鋏を手に南瓜を収穫していた。近づくと、手を止めてこちらを見上げる。脇に置かれた籠には小さめの南瓜が三つ、細めのオクラがたくさん。

「大葉、少しもらっていい？」

　つぐみは朔太郎の隣にしゃがみ、夏よりひとまわり小さめの南瓜をなでた。

「どうするの？」

「昼ご飯に使う。昨日、仁良《にら》くんに新潟産《にいがたさん》コシヒカリもらったんだ。実家から来たって」

「ああ、仁良くん、自炊しないからなあ」

「もったいないね。新潟のお米なんてすごくおいしいのに」

「お昼、なにするの」

「やっぱおにぎりだろ。塩おむすびと、味噌《みそ》つけた焼きおにぎりもあるよ。味噌の上から大葉の葉を貼って焼くんだ。昔、お祖母《ばあ》ちゃんに作ってもらった」

「すっごいうまそう」

「朔太郎さんの分もある」

「うそ、嬉しい」

そういう朔太郎に、つぐみは大葉を摘みながら目を細めた。

夏の名残の南瓜は電子レンジで蒸してバター醤油《じょうゆ》を少し垂らす。細めのオクラは縦に割ってトマトと一緒に鰹節《かつおぶし》で和《あ》える。あとは玉子のおすましにしようと話し合った。

そろそろ風が涼しくなってきた九月の終わり、つぐみと朔太郎は頻繁に食事を共にするようになった。収穫された菜園の野菜を摘みながら、朔太郎と献立を相談するのは一日の中でささやかだけれど楽しい時間だった。

「つぐみさん、今日、昼から時間ある?」

「あるよ。なんで?」

「ムームー、家出したんだ」

「また？」

「そう、また。『十五の夜』を更新中」

お願いしますと拝む真似をされ、つぐみは笑ってうなずいた。

「七時から市のカラオケサークルの手伝いに行くから、早めに捕まえないと」

「カラオケサークルなんてあるんだ」

「市のホール借りるから機材の持ち運びとか準備とかね。あとデュエット要員とか。古い歌でも有名どころは大抵知ってるから、なかなか重宝がられてるよ」

以前、朔太郎が年齢のわりに古い歌を知っているのだなと思ったことがあるけれど、あれは営業マン時代の名残だったようだ。取引先の担当はほとんどが朔太郎より年上で、接待でカラオケに行ったとき対応できるように年代別のヒットソングを勉強したのだという。

「会社辞めて、もう用なしの知識だと思ってたけど、そんなことないね」

朔太郎は雑草を抜きながら、気軽な世間話みたいに話す。

そうなるまで、朔太郎はどれだけの苦しい思いを越えたんだろう。

想像すると胸が締めつけられるけれど、特別な慰めや励ましは言わないようにしている。

朔太郎はひとりで立とうと決めているのだから、自分にできることも、ただ黙って隣にいることだけだ。正直言うと、しんどいなと思う。相手を思うとき、黙って見守るより、直接甘やかしたり慰めたりする方が精神的には楽だ。

「あ、チビキュウリ」

雑草をむしっていると、葉陰に夏名残のキュウリを見つけた。

「ちっさいなあ。どう食べさせてもらう？」

問うと、朔太郎はうーんと腕を組んだ。朔太郎はそれほど料理が得意ではない。

「瀬戸さんにもらったペンギン食堂のラー油で和えようか？」

「いいね。つぐみさんが作るんならなんでもいいよ」

「それ、微妙な言い回しだな」

「なんでもおいしいってことだよ」

話しながら、ふたり同時にキュウリに手を伸ばし、指先が重なった。瞬間、熱いものに触れたように手を引っ込めた。視線が絡み合い、落ち着け、とつぐみは自分に言い聞かせた。

「じゃあ、ご飯作ってこようかな。朔太郎さん、おにぎり何個食べる？」

よいしょと、つぐみはわざとゆっくり立ち上がった。

「えーっと三個」

「もっと食べなよ。四個」

「そんな食ったら、ムームー捕まえられなくなる」

「そうじゃなくても、朔太郎さんにムームーは捕まえられないと思うよ」

むっと拗《す》ねる朔太郎に笑いかけ、つぐみは建物を回って表玄関へ出た。サンダルを脱いで中に上がる。足裏が廊下にひたりとついて、心地いい冷たさに立ち止まった。

一瞬だけ触れた指先がまだ熱を持って疼《うず》いている。そこに心臓が移動したようにどくどく脈を打っている。つぐみはイスラム風にタイルが貼られた洗面所へ行き、古びた真鍮の蛇口をひねった。流水に手を差し入れる。火照《ほて》りが冷まされて気持ちいい。

朔太郎と身体を重ねたのはあの夜だけで、それ以降、重度の潔癖症同士のようにお互い触れ合わないように細心の注意を払っている。

――俺と、朔太郎さんは、友達だ。

そう言ったのは自分なのだから、それ以上の場所に触れようとしてはいけない。これ以上近づいてはいけない。離れてもいけない。動かしてもいけない。

「いとうさん？」

振り向くと、貢藤《くどう》が立っていた。帰ってきていたらしいが全く気づかなかった。

もったいない、と貢藤が水が出っ放しの蛇口を閉める。

「貢藤さん、平日にどうしたんですか」

「校了明けで」

よく見ると、貢藤の目の下にはクマができていた。

「お疲れさまです、ゆっくり休んでください」

軽く会釈して行こうとすると、いとうさん、と呼び止められた。

「いきなりでなんですけど、いとうさん、原作って興味ありますか？」

「は？」

「女性向け漫画雑誌で短期連載、作画は俺が担当してる小嶺《こみね》ヤコです。小嶺本人がいとうさんの小説のファンで、いとうさん原作で漫画やりたいって言ってます。たまたま俺が同じアパートに住んでるって話になったら、顔つないでほしいって言われたんですけど」

「……少女漫画」

思いつきもしない話だった。


わかりやすいキャッチーさ、華やかなドラマ性、波乱を含んだ恋愛模様で『パラダイス・ドール』は累計七千万部を越える少女漫画界の大ヒット作だ。アニメ化、ドラマ化、映画は日本と韓国でそれぞれシリーズ化されている。そんな作者ってどんな女性だろう。かわいらしいフリル系か、ゴージャスなブランド系か、想像してつぐみはがちがちに緊張していた。

「はじめまして、小嶺ヤコです」

待ち合わせの喫茶店に現れた『パラダイス・ドール』の作者、小嶺ヤコは長い金髪が印象的なほっそりとした男性（！）だった。つぐみと同じか、少し若い。うなるほど金も持っているだろうに、襟元《えりもと》のたるんとしたカリメロTシャツを着ている。

向こうもつぐみを若い女性だと思っていたようで、お互いに驚きながらどうもどうもと頭を下げ合う。あれから貢藤に詳しい話を聞かされ、直接話をすることになったのだが、せめて性別くらいは教えてくれればいいのにと少し恨めしく思った。

緊張して席に着いていると、注文を取りにウェイトレスがやって来て、つぐみはコーヒーを、小嶺先生は難しい顔でメニューをにらんだあと、

「クリームソーダ、飲んでいいですか？」

と真剣な顔で聞いてきた。うなずくと、よかったと笑う。子供みたいな笑顔だった。

「僕、コーヒーも紅茶も飲めないんです。好きなのは弱い炭酸飲料とイチゴ牛乳とコーヒー牛乳。白い牛乳は飲めなくて、あ、でもバニラアイスは好き」

ぽかりと丸いバニラアイスが浮かぶ緑色のソーダ水を、小嶺先生はにこにことのぞき込んでいる。長くて細いスプーンを持つ小嶺先生の小指はピンと立っていて、ちょっとした仕草や喋《しゃべ》り方からして、恐らくオネエと呼ばれる人なのだろう。プライベートすぎることなので気づかないフリで流しつつも、マイノリティ同士なんとなく親近感が湧いた。

小嶺先生との話は楽しかった。漫画と小説。手段は違っても創作に携わる者同士、話はつきない。その中で、小嶺先生が意外なことを口にした。

「作家が描きたいものと、売れるものは八割一致しないし」

「え、小嶺先生みたいな売れっ子でもそんなこと思うんですか？」

「思うよ。思いまくり。いとうさんはそういうジレンマない？」

「ありすぎてあふれそうです」

きっぱり言い切った。昔から、今も、つぐみも同じ悩みに何度もぶつかっている。

割り切って売れるものを書いても、それもまた売れなかったりするし、逆にこれは駄目だと思ってるものが売れたりすることもあり、経験を積んだから前作よりいいものを書けるなんてこともなく、十年書いても二十年書いても、まっさらの原稿に取り組むときの緊張と不安は新人時代と大差ない。相棒もおらず、毎日ひとりで黙々と仕事をし、どんどんリアルなコミュニケーション能力が落ちていく。疲れているとこれは駄作だ、もう書きたくないなんてやけっぱちに囚われる。たまに、自分はなにをしているんだろうと我に返ることもある。

「それでも、小嶺先生は漫画が――」

「大好きだよ。じゃないとできないね。こんなしんどいの」

小嶺先生は心底嫌そうに眉根を寄せ、つぐみは笑った。

よかった。そこがずれていたら一緒に仕事はできない。

「でも、『パラドル』に関しては、本当にもういいかげん疲れてきた」

「十七巻まで出てますしね。ちょっと休憩を――」

「本当は十巻くらいで終わる予定だったのに」

小嶺先生は溜息《ためいき》をつきながらクリームソーダをかき回した。

恐らく、人気がありすぎて引き延ばされているのだ。

――あのセンセーはうちのドル箱だから。

そう言う貢藤の目にも、どことなくやりきれないものがあった。

人気がありすぎるのも大変だよなあと考えていると、小嶺先生が顔を上げた。

「僕、いとうさんの小説が前から好きでした。僕は自分の漫画にプライド持ってるけど、それとは別に憧れる世界もあって、その間で色々悩んだりします。いとうさんとは作風が違うから不安もあると思うけど、僕は真剣です。どうかお願いします」

小嶺先生は頭を下げた。超がつくほどの人気作家が、売れない小説家に真剣に頭を下げている。人気とは関係のないところで、この人も創作と真正面から向き合っている。

――この人となら、頑張れる。

「こちらこそ、よろしくお願いします」

つぐみも頭を下げた。


アパートに帰ると、いきなり部屋のドアが開いて朔太郎が出てきた。

「おかえり、つぐみさん。見たよ、これ」

朔太郎が掲げる雑誌『新波』の表紙には、『いとうつぐみインタビュー』と大きく載っている。

「買ったの？　あげるのに。あ、というか読んでくれなくても……」

うろたえるつぐみに構わず、朔太郎はページを大きく開く。

「この写真、格好いいね。真っ白のシャツとぴしって撫《な》でつけた髪型がレトロお洒落《しゃれ》で、モノクロなのが昔の文豪みたい。ストイックな雰囲気でつぐみさんにぴったりだ」

耳まで熱くなった。インタビューとは聞いていたけれど、まさか撮影まであるとは知らなかったのだ。生まれて初めてスタイリスト、ヘアメイクつきで、プロのカメラマンに撮影されながら新刊について話をするなんて、一生分の社交性を使い切った気がした。

「そもそも、つぐみさんがインタビューっていうのが珍しいのに」

「うん、まあ、ちょっと色々考えるところもあって」

つぐみは照れ笑いでうつむいた。小説は書けるけど、書いた作品について語るのは苦手だった。あがり性で、人前で話をするのも苦手だし、エッセイの依頼は全て断ってきた。自分を出すことが苦手で、けれど自己顕示欲はあり、たまったものは小説に注ぎ込む。

そういう自分を問題あるなと思いつつ、しゃべりが勝負の漫才師ではないのだからまあいいかと甘えていたところもあった。でも、もうそういう逃げはやめる。

毎日、普通に生きていくことが闘いと同じ意味を持つ人がいて、そういう人の隣にいたいと自分は思ったのだ。だったら、今までのような甘い自分ではいたくない。

最近は意識して仕事の幅を広げている。新刊の発売に合わせて『新波』以外からも取材を受けた。顔を晒《さら》すのは恥ずかしかったけれど、本人撮影も了承した。エッセイや書評やちょっとした原稿の依頼も受けている。少女漫画の原作を受けたのはその筆頭だ。

少しずつでもいいから根を太く、強く張っていきたい。

朔太郎が転びそうになったときでも、慌てずしっかり支えられるように。

頼れる身内がいない不安。病気でもしたらという不安。絶えずぐらついていた足元が、今はしっかり固まっている。ピンと張った綿の一枚布みたいな、こんな気持ちは初めてだった。

「それと『乃薔薇《のばら》』、すごくよかったよ」

先週発売したばかりの新刊のタイトルを出され、つぐみはまばたきをした。

「もう読んでくれたの？」

「発売当日に買ったんだけど仕事詰まってて、やっと昨日読みはじめたら一気で徹夜した」

だから今日はちょっと眠いと、朔太郎は目をしょぼしょぼさせた。

「すごくよかった。なんだろうな。こういうこと、つぐみさんはどんな気持ちで書いてんだろうとか、こんなこと考えてるのかとか、想像して読んでたら止まらなくなった」

さっと顔が赤くなった。

「小説だし、全部が全部、俺のことじゃないよ」

「うん。わかってるけど、つい」

想像してしまう気持ちはわかる。全てが実体験ではないし、登場人物の考えていることイコール作家の考えではない。けれど全てが作り物でもない。

「でも、あのシーンは思わず笑った」

「なに？」

「家出した犬に主人公が説教するシーン。『十五の夜』の歌に絡ませて」

「ああ」

つぐみも笑った。家出を繰り返すムームーについて、盗んだバイクで走りだしたい気持ちが若いころは理解できたけれど、今は人のものを盗むなと思うようになった。ムームーも早くその境地に達してくれるといい……という朔太郎の言葉を改変して使わせてもらった。

「俺とつぐみさんだけの思い出が本になってるってすごい不思議だった」

「ごめん、勝手に使って」

「なんで、いい意味でドキドキしたよ」

朔太郎は目を細めた。

「うおー、ここに俺がいるぞって感じ。いや、つぐみさんの小説の登場人物だから俺じゃないんだけど。でもなんか、たとえば俺があの会話を忘れても——」

朔太郎はハッとし、ごめんと笑ってごまかした。

「なんで謝るの」

「え、いや、なんか、重いこと言ったなと」

冗談に紛らせようとする朔太郎を、つぐみは軽くにらみつけた。

「そういうつまらないこと言う人には、教えないことにしよう」

「え、なに？」

「教えない」

じゃあねと階段に行きかけると、待ったとシャツをつかまれた。

「ごめんなさい。謝るから教えてください。なにかあったの？」

朔太郎の眉は情けないハの字になっていて、つぐみは小さく笑った。しかたないなと威張ってから、実は……と朔太郎の耳元に顔を寄せた。

「漫画の原作？　えっ、『パラドル』の――」

つぐみは人差し指を口元に立てた。自分と違って小嶺先生はビッグネームだ。仕事情報は出版社によって厳重に管理されている。察した朔太郎が小さくうなずく。

「すごい。一気につぐみさんの名前も広まりそう」

「かなりのプレッシャーだよ」

「大丈夫。つぐみさんの小説、俺はすごく好きだよ」

うん、とつぐみはうなずいた。自分の読者にはもちろん、小嶺先生の読者にどこまで受け入れてもらえるか。そもそも小嶺先生の支持層が小説を読むのか。共作は作風のすり合わせは必須で、下手を打つと今までの読者からそっぽを向かれるかもしれない。考えると喜んでばかりもいられないのだけれど、以前のようにそこで考え込みたくない。

「やってみなきゃわかんないし。とにかく頑張るよ」

全然駄目だったとしても、少なくとも朔太郎はつぐみの小説を「すごく好きだよ」と言ってくれた。それだけでもいい。寄りかからないけれど、服の下でお守りみたいにぶら下げていよう。うんうんとうなずいていると、朔太郎がこちらを見ていた。

「なに?」

「なんか、最近のつぐみさん、すごく前向きだなあって」

あ——……と照れ笑いでつぐみは視線を伏せた。

「なんていうか、いい年だし。そろそろエンジンかけようと思ってるんだ。ちょっと気づくの遅いんだけど、まあ元気の素もあったし」

「元気の素? なに?」

「別にたいしたことじゃないから」

「たいしたことじゃなくてもいいから知りたい」

朔太郎が詰め寄ってくる。つぐみは笑いながら顎《あご》を引いた。

「昨日、中西さんから連絡があって」

「なんて?」

「『乃薔薇』の動きがいいって」

「売れてるってこと?」

「と言っても元々少ししか刷ってないんだよ。だからかもしれないけど、書店から追加の注文がいつもより入ってて。重版じゃないんで本当たいしたことじゃないんだけど」

「重版?」

「売り切れそうだから追加で本を刷ること」

「え、すごいじゃないか」

「いや、だから、そこまで行ってないから本当たいしたことじゃないんだ」

「そこまで行きそう?」

「うーん、どうかな」

ヒット作家なら翌日から一週間ほどで重版がかかる。下手すると予約が殺到して発売前からかかるときもある。でも自分はそういう類《たぐい》の作家じゃない。追加注文が多いのは、いつもより部数が少ないせいもあるだろう。でも先日『新波』に掲載された中編の評判がよかったと中西は言っていた。それに取材も頑張った。その影響も少しはあるんだろうか。

そのとき、パンツの尻ポケットで携帯が鳴った。ちょうど中西からで、タイミングのよさに胸がおかしな具合に騒いだ。朔太郎に断ってから携帯に出ると、中西はいきなり早口で話をしはじめた。今いい?　の一言もなく、つぐみはひたすら、はい、はい、とうなずくだけだ。でも心臓がドクドク鳴っていて、じわじわと頬が赤くなっていく。

「なんだった?」

通話を切るなり、朔太郎が聞いてくる。

「……かかった」

「もしかして?」

「うん、重版」

二秒くらい見つめ合ってから、やったーとふたりで両手を上げた。やったやったと言いながら泣きそうな気分だった。二千部プラスなので、減った分の千と差し引きすると、今までの部数にプラス千されただけだけど、心の底から嬉しかった。朔太郎が自分のことのように喜んでくれているのがさらに嬉しい。

「すごい、つぐみさん、おめでとう」

ありがとうと返す声が情けなくよれていて、たかが重版がかかった程度でと恥ずかしくなってくる。けれどデビュー八年目にして初の重版なのだ。それも崖っぷちギリギリで。

「こないだ『新波』に載った中編が評判よかったみたいで、いつも評判よくても売れないんだよなあって思ってたんだけど。あと取材やインタビューも大きいって」

——女性読者からの注目度が上がってるみたいだよ。

『新波』や先日受けたウェブ雑誌からの取材に顔写真が出たのだが、そこに対しての反響が大きいと中西から聞いた。編集部にも新たに取材申し込みが来ているらしい。

――いとうくん、お洒落したらすごく格好いいんだね。

撮影当日、中西やスタイリストたちが褒めてくれたけど、あれはお約束の言葉だと思っていた。プロにやってもらったのだから少しはマシだったろうけど、髪型を戻していつもの服に着替えた帰り道、もう誰もつぐみに振り向いたりしなかった。

外見で注目されても一過性なので特に嬉しくない。けれど、それがきっかけで本を読んでもらえたらと思う。その中のひとりでもふたりでもいい、読者として残ってくれたら。

「……俺、頑張らないと」

噛みしめるようにつぶやくと、うんと朔太郎がうなずく。

「けどつぐみさん、どんどん遠い人になっちゃうな」

朔太郎は雑誌を開き、つぐみなのに、つぐみじゃない写真に笑いかけた。

細められた目は、色んなものを諦《あきら》めている人みたいに穏やかに見える。キリキリと、砂糖細工の錐《きり》が胸にねじ込まれる。心臓に届いた瞬間ほろりと崩れて、甘い波紋が広がっていく。けれど指先まで満ちたときにはもう甘みはなく、ただひりひりと痛い。

「遠くになんか行かないよ」

朔太郎がこちらを見た。

「ずっとここにいるよ。好きだから」

朔太郎の表情がわずかに揺れた。

「このアパートが好きだから」

慌ててつけ足した。少しの間を挟んで、

「俺も好きだよ。このアパート」

朔太郎もそう言った。なんだかお互い違うものを好きと言っているようで、でもそうとは絶対言い出せず、ふたりして黙り込んだ。沈黙を扱いかねて、タイル貼りの洗面所を見た。秋の日差しが古びた真鍮の蛇口を鈍く輝かせていて、廊下にひだまりができている。

「つぐみさん」

視線を戻すと、朔太郎と目が合った。

苦しそうな表情で、ゆっくり顔を寄せてくる。

それを受け止めるため、つぐみも顔を寄せた。あと少しで触れ合う——。

そのときチャイムの音が響き、びくりとお互い身体を引いた。

荒野さーんと呼ぶ声がして、同時に玄関の扉が開く。

「すみませーん、仁良さん宛にお荷物です」

「あ、はい、預かります」

朔太郎が慌てて玄関に向かう。

荷物を受け取る朔太郎の背中から目を逸らし、つぐみは二階へ上がった。

自室に帰り、ぱたりとドアを閉めた。部屋には、今日も半円のステンドグラスから色とりどりの光が落ちている。その光を浴びたくて、つぐみは畳に腰をおろした。

深い呼吸をして、目をつぶる。

荷物が届かなかったら、どうなっていたんだろう。

考えてはいけないことを、つい考えてしまう自分を遠ざけたかった。

朔太郎のそばにいたいけれど、そばにいればいるほど気持ちが深まってしまう。触れたいと思ってしまう。朔太郎も同じように感じてくれている気がする。

けれど、それを恋や愛にしてはいけない。

友人だからこそ、そばにいられるふたりというものもある。

自分たちはそうだから、強く意志を持ってその形を保とうと思った。形なんか意味がないという人もいるけれど、形がなければあふれ出て、流れ出て、そこにとどまっていられないものもある。悲しいけれど、それは確かにあるのだ。だから、今の形を守ろう。

「あの、いとうつぐみさんですか？」

後ろから声をかけられて、振り向くと女の人が立っていた。

「はい、そうですけど」

近所のスーパーの調味料売り場で、つぐみは醬油を手にしたまま答えた。目の前の女性に見覚えはなかった。女性の知り合いと言えば、つぐみにとっては仕事関係だけだ。どこかの編集部の人だったろうか。それとも装丁などのデザイナー。先日の撮影時のスタイリスト。どこにもあてはまらず、名前が浮かんでこなくて、どうしようとつぐみは焦ってきた。

「あの、わたし、いとうさんのファンで……」

言葉の意味をつかみかねて、つぐみは首をかしげた。

「『乃薔薇』、とても感動しました。あの、握手していただけないでしょうか。本があったらぜひサインをいただきたいんですけど、なんで持ってこなかったんだろう」

ぼんやりしていると、隣にいた朔太郎が「つぐみさん」と、つぐみの手から醬油と買い物かごを引き取った。ぎくしゃくと女性に近づき、手を差し出すと、女性の顔がぱっと赤く染まった。ありがとうございますと、握手をしながら女性は何度も頭を下げる。

「『乃薔薇』の、紺地《こんち》くんが家出したプーにお説教をするシーンが大好きです。ずっと緊張感が続いてる中で、ふっと力が抜けるというか。世代的にも懐かしかったです」

「『十五の夜』?」

女性はそうですそうですとテンション高くうなずいた。これからも頑張ってください、応援してますと、女性は何度も頭を下げて去って行った。

夕方で混み合うスーパーで、通りすぎる人が何事かとつぐみを振り返って見ていく。ひどく恥ずかしくて、つぐみはそそくさとその場を離れた。

「つぐみさん、すごい。めちゃくちゃ作家だったよ」

朔太郎はおかしな褒め方をする。つぐみはもういい、いいからと、照れくささの裏返しで朔太郎の方を向けなかった。あんな風に読者から声をかけられたのは初めてで、しかも握手なんてしてしまった。女性の顔は緊張と興奮で赤らんでいて、手は少し震えていた。

「つぐみさん、そんなに肉いらないよ」

えっと見ると、つぐみは肉売り場で鶏肉の特大パックを手にしていた。ハハッと笑って棚に戻し、二人用のパックを買った。

「ああいうの初めてでつい舞い上がっちゃったよ。でもすごく嬉しかった。暗めの話だからそこだけ浮かないか心配だったけど、飼い犬に説教するシーンが好きって」

「ああ、うん、俺もあのシーン好きだ。昔は共感できたけど、年取るとちょっと見方が変わることとかあるよね。それを盗んだバイクで表現するのがおもしろいなあって」

「え？」

思わず問い返した。

「あ、俺は世代じゃないけど『十五の夜』は知ってるよ。昔、営業してたとき接待用に覚えた」

「……あ、へえ、そうなんだ」

さりげない風を装いながら、つぐみの心臓はカタカタと音を立てていた。その話は前に聞いた。先日もその話をした。朔太郎は、自分が言ったことを忘れている？

「どうしたの？」

「え、ううん、なんでも」

慌ててごまかしたが、朔太郎の顔からふと笑みが消えた。売り場から少し離れて、鞄《かばん》からいつも持ち歩いている大学ノートを出す。ページをぱらぱらとめくり、止まった。

「――十月十六日。つぐみさんの新刊を読む」

朔太郎はノートを小声で読み出した。

「『明日は朝から仕事が入っているのに、つい徹夜で読んでしまった。紺地が犬に説教をするシーンでは、以前、俺が公園でつぐみさんに話したことが台詞《せりふ》として使われていて……』」

朔太郎はそこで言葉を失い、しばらくして、ぱたんとノートを閉じた。

朔太郎はノートを鞄にしまい、つぐみにごめんと言った。

つぐみは首を横に振り、あと牛乳だけだからと朔太郎の背中を軽く押した。

朔太郎の背中に当てた手が震えないよう、落ち着けと心の中で繰り返した。アパートの廊下で新刊の話をしたのは一ヶ月ほど前。たったそれだけの間に、朔太郎の記憶は失われてしまった。ああ、違う、もっと前。あのエピソードの元になった記憶がないのか。

記憶というのはひとつひとつがつながっていて、流れがあって、ここが消えたら、その先につながる記憶はどうなるのだろう。考えるほど混乱してくる。たったひとつでこれなのだ。何度もこんな経験をしている朔太郎の頭の中はどうなっているんだろう。ぐちゃぐちゃに絡みまくった毛糸のイメージに、どういう言葉をかけていいのかわからない。朔太郎の記憶障害を目の当たりにして、わかっていたはずなのにひどく動揺している。

「牛乳、どれにしようか。いつもカルシウム入りのを買うけど、今夜はシチューだしこっちの濃い方がいいかもなあ。クリーム濃い方がおいしいし」

どうでもいいことを忙《せわ》しなく話していると、朔太郎が濃い方の牛乳を手に取った。

「大丈夫だよ、つぐみさん」

朔太郎は牛乳をカゴに入れた。

「つぐみさんの料理はなんでもおいしいから、牛乳くらいどれでも大丈夫」

そう言うと、朔太郎はにこっと笑って明るくレジに向かった。

朔太郎の背中には不安など少しも見えない。自分が動揺したから、牛乳にかこつけて大丈夫だから心配するなと朔太郎は励ましてくれたのだ。守りたいと思っている相手に守られてどうする。つぐみは必死で動揺を鎮めた。

スーパーを出ると、すっかり日が暮れていた。

「あー……、今日の空、すごくきれいだね」

冬が近づいてきて、太陽がすぐ沈むようになった。濃い桃色と青色が混ざった夕方の空気がつぐみは好きだった。買い物袋を持っていない方の手をすうっと前に出す。

「なにしてるの?」

「こうしてると、指先がとける瞬間がある」

「とける?」

「もう少し夜が多くなって、青色が濃くなると、少しの間だけ空気の色と指先が混ざる」

へえと朔太郎も手を伸ばした。片手を差し出して歩くふたりを、すれ違う人たちがおかしな顔で見ていく。恥ずかしいので、ふたりで笑って手を下ろした。

「今度、公園でやろうか」

「うん。あ、じゃあお弁当持って行こう」

「夕方なのに?」

朔太郎が聞いてくる。

「夕方から夜にかけてのピクニックも好きなんだ」

「へえ。でも言われてみるときれいだろうな」

話しながら歩いていく。どこかの家から味噌汁の香りが流れてくる。淡くて優しい、なにか愛しいものたちが集まっている香り。父を亡くしたとき、そういうものがとてもつらい時期があった。最近では伸仁とわかれたとき。そして、朔太郎といる今もそう思う。

流れる時間は、人の記憶の中にしか留めておけない。夕暮れの青い空気の中、ふたりして指先をとかそうとしたことも朔太郎は忘れてしまうんだろうか。だったら、今、こうしてふたりで歩いている瞬間、自分も朔太郎もひとりなんだなあと思う。

記憶を共有できないということは、そういうことだ。

だからといって、今ふたりで歩いていることを無意味だなんて思わない。この時間を朔太郎が忘れてしまっても、自分が朔太郎の分まで覚えていよう。自分が覚えている限り、この時間は失われたりしない。なのに、さびしい波が押し寄せてくるのを止められない。

変哲もない板チョコのように、記憶も、ちょうだいと言われたらパキンと折ってあげられるものならいいのにと、暮れていく空をぼんやり仰ぎ見た。

「なに考えてるの」

朔太郎が聞いてくる。

「んー……、板チョコのこと」

「板チョコ？」

朔太郎はきょとんとしたあと、ふっと息だけで笑った。

「つぐみさん、やっぱ読めない人だなあ」

笑う朔太郎の横顔が愛しくて、つぐみの気持ちこそがチョコレートみたいに甘くとろけていく。この笑顔や、この時間を、自分の記憶だけでなくどこかに留めておけないだろうか。

その夜、つぐみは仕事ではない短編をひとつ書いた。

「荒野くん？」

大型犬三匹のシャンプー依頼を手伝い、朔太郎とふたりで玄関先で依頼主から謝礼をいただいていたときだった。奥から顔を出した女性が朔太郎の名前を呼んだ。

「やっぱり荒野くんだ。なんだか似てる人だなあって、ずっとリビングの窓から犬洗ってるところ見てたの。久しぶりだね。こんなところでなにしてるの」

「え、あ、犬のシャンプーを……」

朔太郎が戸惑いながら答える。

「有希《ゆき》さん、この方、うちの近所でなんでも屋さんをやってらっしゃるのよ」

依頼主である年配の女性が説明した。

「なんでも屋？　え、でも荒野くん、確か八嶋《やしま》建設に就職したってだいぶ前に聞いた覚えあるんだけど。あ、ここあたしの旦那の実家。お義母《かあ》さん、あたし荒野くんと同級生なんです。高校のとき同じクラスで。荒野くん、中井戸《なかいど》くんとか元気？」

「中井戸？　あ、最近は連絡取ってなくて」

「懐かしいねえ。なんでも屋さんってもしかして起業したの？　八嶋建設なんて超大手辞めて独立するなんてさすが荒野くんだねえ。昔から成績よくてリーダーシップあったし。久しぶりに色々話したいな。今度みんなで会おうか。中井戸くんや眞美《まみ》とか誘って――」

　曖昧な笑みを返すだけの朔太郎に、女性はふと口を閉じた。

「……あ、もしかして、あたしのこと覚えてない？」

「あ、いや」

　気まずそうな朔太郎に、女性はにわかに顔を赤くし、ごめんごめんと明るく笑った。

「そうだよね、高校卒業してもう十年近いもんね。覚えてないか」

「いや、そうじゃなくて」

「いいの、いいの。でもまたクラス会とかあったら、そのときはよろしくね」

　女性は逃げるように引っ込んでしまい、残された朔太郎も早々にその家を出た。

　帰りの軽トラの中で、つぐみは普通に朔太郎に話しかけた。以前のスーパーでのような失敗はしないように、変にはしゃいだりせず、無口にもならなかった。

「朔太郎さん、今夜、ご飯なにしよう」

「なんでもいいよ」

「寒くなってきたし湯豆腐にしようか。あと里芋茹《ゆ》でて柚子《ゆず》味噌かけて、牛肉と蓮根でカレー風味のきんぴらもいいな。なんか日本酒飲みたくなる献立だけど、飲む？」

「なんでもいいよ」

　力なく答える朔太郎から、ひどく疲れている感じが伝わってきた。

アパートに帰り、車庫に軽トラを入れてしまうと、朔太郎はまた門へ歩いて行った。

「朔太郎さん？」

呼びかけると、朔太郎は立ち止まった。けれど振り向きもしない。

「どっか行くなら、ご飯置いとこうか？」

なるべく普通に話しかける。

「……初めてなんだ」

「え？」

「約束とか、会話とかじゃなくて、誰かのこと丸ごと忘れるなんて」

朔太郎の声は完全につぶれていた。

「それは、後遺症とは違うんじゃないかな」

つぐみは努めて冷静に言った。

「誰だって同級生全員なんて覚えてないよ。それも十年近くも経ってて、相手も様変わりしてただろうし。俺だっていきなり高校時代の友人に会っても覚えてるか自信ない」

「うん、そうだね」

朔太郎はあっさり認め、けれどそのまま門へ向かって歩き出した。

「朔太郎さん」

「ごめん、ひとりにしてほしい」

朔太郎は行ってしまい、つぐみは庭に取り残された。

部屋に帰り、食事を作る気になれず畳に寝転んだ。

なんの法則もなく、アトランダムに失われていく記憶。

下手をすると、忘れてしまったことすらわからない。気づくと、自分の中に無数の穴が空いていて、いつかその穴が自分の全てを食いつぶしてしまうかもしれない。穴を塞《ふさ》ぐ術《すべ》も食い止める術もなく、ただじっと、そうなりませんようにと願うしかない。祈りのために組んだ両手が震えるような恐怖に、想像した自分の息が詰まりそうになる。

下で誰かが帰ってきた気配。朔太郎かと思ったが、違う。足音が二階に上がってきて、瀬戸の部屋へ入っていった。加南《かなん》親子の部屋からはテレビの音が聞こえる。仁良の部屋からはなにも聞こえない。でもいる。エリーと貢藤は仕事中。いてもいなくても、このアパートには住人の気配に満ちている。

——ここは、本当ににぎやかだね。

——にぎやかなのは嫌い？

——好きだよ。安心する。ひとりじゃないって。

以前に朔太郎と交わした会話。あれは大嘘だった。

だって今、こんなに怖い。さびしい。誰かに助けてほしくて身体が震える。

すっかり夜に沈んでしまった部屋で、つぐみは身体を起こした。

アパートを飛び出して近所の公園へ向かった。しかし朔太郎はいなかった。携帯にかけたが出ない。あちこち捜したけれどいない。あちこちと言ってもいくつもない。喫茶店、ファミレス、アパートのみんなが飲みに使う居酒屋が何軒か。それだけですぐに捜す場所もなくなってしまった。もう一度携帯に電話をしたら、朔太郎ではない人が出た。

「ああ、よかった。この人の知り合い？　この人ねえ、店に来るなりすごいピッチで飲むもんだから心配してたら案の定つぶれちゃって。知り合いなら迎えに来てやってよ」

電話に出たのは居酒屋らしい店の大将で、場所を問うと二駅も離れていた。このあたりはなんでも屋の仕事で顔見知りばかりなので、最初から酔おうと思っていたことがうかがえる。

店に着くと、朔太郎は起きていた。けれど相当酔っていて、カウンターに座りながら上半身がグラグラ揺れている。すいませんと頭を下げて肩に担ごうとしたが無理だった。大将とふたりで担ぎ出し、タクシーにつぐみとふたりで乗り込んだ。

帰る間、朔太郎はタクシーの窓に頭をもたせかけ、黙って流れる景色を見ていた。アパートに着くと、つぐみを制して運転手に金を払い、自力でタクシーを下りる。けれど足元が頼りなくて、案の定、ふらふらと庭の枯れた芝生の上に座り込んでしまった。あぐらで、途方に暮れたようにうなだれている。その横につぐみも腰を下ろした。

「……なんで、なんも聞かないの」

ぽつりとした問いかけだった。

つぐみは夜空を見上げた。

「どうしたらいいのかなって考えてるから」

「どうしたら？」

「でも、ごちゃごちゃしてまとまらないんだ」

なにか言葉をかけたいけれど、自分がかけたい言葉と、朔太郎がかけてほしい言葉は違うだろう。それに、多分、今はなにを言っても届かない。そういうときが誰にでもある。ひとりでいたい。でもひとりでいるのはさびしくて、誰かにそばにいてほしいときが。

塀に沿って植えられた白の山茶花《さざんか》が、夜の中に仄《ほの》かに浮かび上がっている。

たとえばこの花を朔太郎が忘れても、花は変わらず毎年咲くんだなと当たり前のことを思った。以前ふたりで夕暮れの空気に指先をとかそうとしたとき、このことも忘れられてしまうのかなと思った。ふたりでいてもひとりなんだなと、言葉にできない孤独感に襲われた。

けれど花は毎年咲くし、指先は何度でもとかせる。全く同じものではないけれど、同じくらいきれいなものが毎日生まれる。ひとつ失くしたら、またひとつ足せばいい。

そんなことを思うけれど、それは失くす心配のない人間のただの慰め言葉で、ひとつ積み上げるたびひとつ崩れて、なにも積み上がらない人が聞いたら、そんなきれいごと――と腹立たしくなるかもしれない。いくら正しいことを言われても、届かないときは届かない。

――泣いてる暇があったら頑張ろうとか、自分を磨こうとか、感謝しようとか、確かにその方がいいんだけど、『いいこと』だからって全部呑み込んだら、そのうちあふれるよ。

なにも事情を知らなかったころから、朔太郎はつぐみに本音を語っていた。朔太郎はわかっている。色々なことを呑み込んで、あふれて、また呑み込んで、それを繰り返して、朔太郎は今ここにいる。だからもう、自分に言えることはなにもない。なんにもないのだ。

「白い花って、夜、ぼうっと光ってるように見えるね」

つぐみは再び白い山茶花に目をやった。

朔太郎はゆっくり顔を上げた。表情に力がない。

「子供のころから、なんでかなあって思ってた。理由があるのかないのか知らないけど、でも調べようとも思わないんだよね。なんでかなってぼんやり見るのも好きだから」

「……ああ、それ、わかる」

朔太郎がぼうっとつぶやいた。そのまま続ける。

「これなんだろうって言うと、すぐにネットで調べてくれる人いるね。いい人で、でも、あんまありがたくないね。好意なんだけど、でもなんか……、うまく言えないけど」

「わかるよ」

つぐみはうなずき、しばらくふたりで並んで夜に浮かぶ花を見た。

「きれいだね、山茶花」

「……え？」

朔太郎がふいにこちらを見た。

「椿《つばき》だろう?」

つぐみはまばたきをして、それからもう一度夜に浮かぶ花を見た。

「違う。似てるけど、山茶花だよ。秋だし、椿よりも花がふわっとしてるだろう?」

朔太郎は立ち上がり、山茶花に近づいてじっと見つめた。

「わからない。これ、本当に椿じゃないの?」

「うん。前に小説の資料でちょっと調べたことあるから」

そう言うと、朔太郎は戸惑ったように白い花を見つめた。

「……なんだよ、知らなかった、俺、全然」

朔太郎はいたずらに失敗した子供みたいな顔をした。

「どうしたの?」

「この花、死んだ祖母ちゃんが好きだったんだ」

子供のころ、朔太郎は近所の裏山に自生している赤い椿を見つけた。祖父と祖母の住居を兼用していたアパートの庭には白い椿しかなく、だからたまには赤もいいだろうと思って持って帰った。祖母はありがとうと喜んで居間に飾ってくれたけど——。

「祖母ちゃんが好きだったのは、椿じゃなくて山茶花だったんだ」

朔太郎は茫然《ぼうぜん》と白い花を見つめている。見た目にはほとんど変わらない花だからこそ、その人なりのこだわりがあったはずだ。けれど朔太郎の祖母は余計なことは言わず、本当きれいだねえとずっと好みではない花を愛でていたらしい。

「……そうか、これ、椿じゃなかったのか」

朔太郎は繰り返し、泣き笑いみたいな表情で山茶花を見ている。

「お祖母さん、本当に嬉しかったんだと思うよ。孫からのプレゼントだし」

隣に立ったが、朔太郎は山茶花を見つめたままだ。

「三十前にもなってやっと気づくなんて、俺、すごい迂闊《うかつ》なやつだな。祖母ちゃんに謝りたいよ。生きててくれたらちゃんと山茶花あげるのに。そういうこと、他にもたくさんあるんだろうな。気づかないまま忘れてって、取り返しつかないこととか」

はがゆさに満ちた横顔に胸がしめつけられた。

「みんな、そんなものだと俺は思うけど」

「…………」

「みんな、大なり小なり失敗しながら生きてるよ」

「…………」

「多分、八十のお爺ちゃんになっても失敗するよ」

そう言うと、初めて朔太郎はこちらを見た。

つぐみは山茶花に顔を近づけた。ふんわりと淡い香りに目を細める。

「いい匂いだよ」

ほほえみかけると、おかしな顔をされた。

「なに？」

「ついてる。黄色いの」

朔太郎がつぐみの鼻を指でこすった。花粉がついてしまったらしい。おとなしく拭《ぬぐ》われていると、朔太郎がこらえきれないように吹き出した。

「え、なに？」

「ごめん、広がっちゃった」

朔太郎は指先でつぐみの鼻の頭の上で円を描きながら笑う。

「広げてるの朔太郎さんじゃないか」

つぐみも笑いながら手を払った。朔太郎が笑っているのが嬉しくて、それだけでホッとする。

朔太郎がふーっとひとつ大きな息をして笑うのを止めた。

「つぐみさん、ありがとう」

朔太郎の表情がゆるゆるとほどけていく。

「……つぐみさんの笑ってる顔、すごく好きだ」

「ほんと？　嬉しい」

褒められるのは苦手だけど、そのときは素直に受け取れた。

「そばにいるだけで、許してもらってる気がする」

「朔太郎さんは、誰にも許してもらう必要なんかないだろう」

「でも、俺は両親や祖父ちゃんに迷惑をかけてる」

そんなことないとか。そんなことを言ったら家族が悲しむとか。この場にふさわしい言葉は色々あるけれど、そんなことも朔太郎はわかっているんだろう。だったら苦しい気持ちごと受け止めるしかできない。つぐみはそっと朔太郎の手をにぎった。

「でも、みんなそばにいるから」

にぎった手に力を込めた。

「みんな、朔太郎さんを愛してるから」

俺も——という言葉は呑み込んだ。

呑み込みすぎるとあふれてしまう。今も朔太郎を見つめる目や、もの言いたげな口元から気持ちがこぼれてしまいそうで、つぐみはさりげなく白い山茶花に視線を逃がした。

自分たちは友達だから、気持ちを見透かされたらもうそばにいられない。

横顔に朔太郎の視線を感じたまま、苦しい息を隠して白い花を見つめ続ける。

その夜も、つぐみは仕事ではない短編をひとつ書いた。

「こちら、作家のいとうつぐみ先生とその友達の荒野《あれの》くんです。つぐみんは素晴らしい小説を書かれる先生で、僕も前からすごいファンでした。というわけで、おまえら」

小嶺《こみね》先生が一同を見渡す。瞬間、テーブルの男の子たちに緊張が走った。

「気合い入れて盛り上げろ——！」

いきなり低い地声になった小嶺先生の言葉に、男の子たちはおおーっと雄叫《おたけ》びを上げてグラスを掲げた。それぞれみんなグラスを合わせ、そのあとはバラッと空気がほどけて、テーブルは雑多なにぎやかさにあふれ返った。

「いとう先生、小説家なんですね。俺、明日本屋さんに行ってきます」

「漫画家のヤコ先生とは、どういう関係で知りあったんですか？」

若い男の子たちに囲まれ、つぐみはろくに返事もできずに小さくなった。

ここは新宿二丁目、小嶺先生の行きつけのボーイズバーで、今日はそれぞれ担当編集の中西《なかにし》と貢藤《くどう》も同席で打ち合わせをしたあと、食事にでもという流れになった。

夜は朔太郎《さくたろう》と食べる約束をしていたのでどうしようと迷っていると、じゃあ朔太郎も呼ぼうと小嶺先生から誘われたのだ。他の人ならためらうところ、小嶺先生ならいいかとつぐみは了承した。はじまりは仕事だったが、話すほどに小嶺先生とは気が合い、今では友人と言っていいつきあいをしている。きっかけは、何度目かの打ち合わせのあとの雑談だった。

——いとうさんて、こっちだよね。

ストレートに聞かれた。『こっち』とはもちろん性的指向のことだ。

——見たらわかると思うけど、僕もそうだから気楽に色々話そう？

ラブリーに首をかしげる小嶺先生と、無線LANみたいに気持ちがつながった。同じ性的指向で、似たような年代で、真剣に創作の話ができる作家仲間はつぐみには初めてだった。ひとつ難を言えば、つぐみんと呼ぶのだけは勘弁してほしいくらいで——。

「朔太郎さん、長丁場になってごめん。明日、仕事、大丈夫？」

つぐみは隣に座っている朔太郎に小声で話しかけた。食事は楽しく終わり、ワインを飲んで陽気になった小嶺先生にもう一軒行こうと引っぱってこられたのがここだった。

「大丈夫だよ。小嶺先生、楽しい人だし」

小声で話していると、

「あ、そこなんかやらしー。ふたりだけでイチャイチャするの禁止」

小嶺先生にめざとく指摘された。

「別にイチャイチャなんて」

「でも、なーんか、つぐみんと荒野くんムードある。もしやデキてる？」

「デ、デキてません」

慌てて首を横に振ると、小嶺先生は今度は拗《す》ねだした。

「あーあ、つぐみんはいいなあ。作家として担当編集者に愛されてて、男としてもそんな若くてかっこいい年下の男の子侍《はべ》らせて。僕なんか誰にも愛されてないのに」

「小嶺先生は世界中数百万の読者に愛されてるじゃないですか」

すかさず中西が編集者らしいフォローを入れた。

「そういう不特定多数じゃなくて、僕だけを愛してほしいんだもん」

拗ねモードに入った小嶺先生を、男の子たちがまあまあと宥《なだ》めにかかる。

「あ、そういえば、愛がないといえば――」

男の子のひとりが流れを変えようと話し出した。

「こないだ店終わってから行った店で、十年つきあった恋人と別れたって人と隣合わせになったんですよ。その別れた理由ってのがまた無茶で」

「どう無茶なんだよ」

別の男の人が話をふくらませる。

「急に子供がほしくなったんだって。あ、もちろんその人もゲイですよ」

どきりとして、グラスを持つつぐみの手が止まった。

隣を見ると、どこかで聞いたような話に朔太郎も表情を硬くしていた。

「はあ？　なにそれ。ゲイの風上にも置けない男だね」

小嶺先生が興味を示した。

「あ、でも確かつぐみんと前カレが別れたのもそんな理由だったっけ。そりゃあ百歩ゆずって自分の子供がほしいって気持ちはわからないでもないけど、自分がゲイだって自覚して生きてく中で、嫌でも諦《あきら》めなきゃいけないことのひとつじゃん。養子縁組とかは置いといて、そういう覚悟ができないやつはゲイやめろって。周りに迷惑だから」

つぐみも含め、その場の全員が深くうなずいた。

「それがね、話はそこで終わらないんですよ。子供がほしいって理由で十年同棲した彼氏と別れたのに、女と婚約決まったあとで自分にその能力がないってわかっちゃって」

「子種がなかったってこと？」

「ぶっちゃけると」

座がしんとし、次の瞬間、どっと笑いが起きた。「自業自得」「同情できない」と言葉が飛び交う中、つぐみは顔を上げていられずうつむいた。世の中にはそんな話はごまんとある。伸仁《しんじ》の話だとは限らない。けれど色々な感情が去来して顔を上げていられなかった。

「でもその人、すごく後悔してましたよ。彼氏と別れなきゃよかったって。十年もつきあって嫌いで別れたわけじゃないから、やり直せるものならやり直したいって」

「なに眠たいこと言ってんだ。そういう身勝手な男は今すぐ死ね！」

急に小嶺先生のガラが悪くなった。小嶺先生は酔っ払うと普段のラブリーがぶっとんでしまうのだと、男の子のひとりが笑いながら教えてくれた。

「人の心がそんな右から左に簡単に動かせるわけないだろ。その捨てられた彼氏も絶対許さないでほしいよ。土下座させて、そいつの頭踏んづけてやれ。ねえ、つぐみん？」

いきなり話をふられ、えっと顔を上げた。

「あ、うん、そうかも」

曖昧《あいまい》にうなずく中、いらっしゃいませーと男の子たちの声が響いて、客がひとり入ってきた。

さっきの『どこかで聞いたような話』をした男の子が立ち上がった。

「あれー、伊東《いとう》さん、先日はどうも。来てくれたんだ」

どくん、と大きく心臓が揺れた。

「こないだ名刺もらったしね」

伸仁の声だった。

「めっちゃ嬉《うれ》しい。ありがとう、こちらのお席にどうぞ」

ふたりは話しながらやって来る。顔を合わせないようにうつむいていたけれど——。

「……つぐみ？」

名前を呼ばれて、胃のあたりに鋭い痛みが走った。のろのろと顔を上げる。

「ああ、やっぱり。偶然だな。どうしたんだ、つぐみがこういう店に来るの珍しいな」

「つぐみん、友達？」

小嶺先生に問われ、しかたなくうなずいた。

「なら、せっかくだし一緒に飲もうよ。酒は大勢で飲んだ方が楽しい」

小嶺先生はシャンパンとワインですっかりご機嫌で、いらっしゃーいとひとり分の席を空けた。伸仁は「じゃあ、お邪魔します」と遠慮がちに、しかしにこやかに入ってきた。

「中西さん、お久しぶりです」

伸仁が中西に会釈した。中西はつぐみのデビュー時からの担当編集だ。マンションにも出入りしていたし、伸仁を交えて何度も食事や飲み会をしたことがある。

「うん、久しぶり。元気そうだね。いやあー……、すごい偶然だなあ」

答える中西も歯切れが悪い。先ほどからの流れで、『どこかで聞いたような話』が伸仁のことだともう確信しているようだ。朔太郎も作ったようなにこやかさを崩さない。

「中西さんとも知り合いということは、伊東さん、どこかの編集？　でも雰囲気的に編集じゃなくて営業って感じだな。スーツもパリッとしてて大手出版社と見た。どう？」

興味深そうに問う小嶺先生に、伸仁は「半分当たりです」と答えた。

「営業だけど、出版業界じゃありません」

伸仁は板についた仕草で胸ポケットから名刺ケースを出して一枚差し出した。

「あ、この会社なんか聞いたことある。有名なとこ？」

無邪気な小嶺先生に、大企業勤めでエリートの自覚がある伸仁は苦笑した。小嶺先生は高校在学中に漫画家デビューし、一度も外で勤めたことがないので世事に疎いところがある。

「伊東さん、つぐみんとは古いつきあいなの？」

「ええ、まあ、そうですね」

曖昧な笑みを返す伸仁に、小嶺先生が「あれ?」と首をかしげた。

「つぐみんのペンネームって名字『いとう』だよね。で、あなたも伊東さん。ん?」

首をかしげつつ、小嶺先生の目がどんどん輝いていく。恋愛を扱うプロの少女漫画家の勘は鋭い。獲物を見つけた鷹《たか》のような目で伸仁とつぐみを見比べる。

「わかった。伊東さん、つぐみんの元カレだ。ねえ、そうでしょ、でしょ?」

まあ……と伸仁が曖昧にうなずくと、やっぱりと小嶺先生は手を打った。しかしその顔が徐々に怪訝《けげん》なものになっていく。眉間に皺《しわ》を寄せ、なにかを考えはじめる。

「でもつぐみんのペンネームは『いとう』で、伊東さんはつぐみんの前カレで、つぐみんは十年つきあった前カレと別れてて、つぐみんがデビューしたのは確か……」

小嶺先生は指を折ってなにかを数え、次の瞬間、表情を一変させた。

「おまえがゲイの風上にも置けない男か!」

表情と一緒に、言葉遣いまで変わった小嶺先生に伸仁はまばたきをした。

「な、なんですか、いきなり」

「なんですかじゃないよ、ふざけんな。ゲイのカップルで急に子供がほしくなったなんて、相手の喉元《のどもと》にナイフ突きつけたのと一緒なんだよ」

「小嶺先生、やめてください。俺は――」

慌てて割って入ったが、小嶺先生は止まらない。

「ゲイに向かって子供がほしいなんて、女に生まれ変わって出直せって言ってるのと同じなんだよ。死ねって言ったと同じことなんだよ。十年もつきあった相手から死ねって言われてどんな気持ちになるかわかってんのか。どの面下げてやり直したいなんて――」

「先生、そこまでです」

貢藤が小嶺先生の口を手で塞《ふさ》ぎ、力ずくで自分の方に引き寄せた。まだ言い足りなそうにもがく小嶺先生を抱きとめたまま、貢藤が伸仁に頭を下げた。

「事情も知らないで誘っちまって、どうもすいませんでした」

「……いえ」

伸仁はふっと息をついて立ち上がった。

「こちらこそ、楽しい場を台無しにしてしまって申し訳ない。帰ります」

伸仁が出口へ向かう。つぐみはずっとうつむいていたので、伸仁がこちらを見たかどうかはわからなかった。ひどく気まずい空気の中、ずっと黙っていた朔太郎が立ち上がった。

「朔太郎さん？」

見上げるつぐみを無視して、朔太郎は足早に店を出て行った。

つぐみも含め、残された全員がぽかんとした。一体どうしたのだろう。

「殴りに行ったんだね」

小嶺先生が言い、まさかと思った。どんな理由があろうと、朔太郎が暴力に訴えるとは思えない。けれど心配でつぐみも席を立った。店を出て、地上への階段を上がっていく。通りに出てあたりを見回していると、すぐ脇の路地から朔太郎の声が聞こえた。

「伊東さんは、つぐみさんのことをまだ愛してるんですか?」

細い路地でふたりは向かい合っていて、こちらに背を向ける朔太郎の表情は見えない。

「君は、つぐみと……?」

「友人です」

朔太郎はハッキリと答えた。

「大事な友人です。だから聞きたいんです。伊東さんはまだつぐみさんを?」

短い沈黙が落ちた。

「正直、別れたことを後悔してる」

伸仁がつぶやいた。

「つぐみと別れたあと、俺の方にも色々あって、都合がいいと思われるだろうけど、つぐみが許してくれるなら、俺は戻りたいと思っている」

「……戻りたいって」

ざりっと靴裏が道をこする音がして、朔太郎が一歩詰め寄った。

「つぐみさんが、どれだけ苦しい思いをしたのかわかってるんですか?」

「わかってる」

「わかってないですよ」

朔太郎が声を強めた。

「あなたと別れてから、つぐみさんがどんな思いをしてたか、あなたにはわからない。だからそんな簡単にやり直したいなんて言えるんですよ」

「………」

「別れる別れないは、それぞれの気持ちだからしかたない。でも一度そういう思いをさせたのに、また自分の都合でやり直したいなんて勝手すぎるじゃないか」

朔太郎は言葉を切った。拳をにぎりしめているのが見える。

――殴りに行ったんだね。

小嶺先生の言葉がよぎった次の瞬間、朔太郎はいきなり伸仁をビルの壁に押しつけた。

「つぐみさんとやり直したいなら、もう絶対に離さないって約束しろよ」

「なにを――」

「絶対、二度と離さないって俺と約束しろ。でないとつぐみさんは渡さない」

ふっと間が空いた。

「やっぱり、君もつぐみを?」

伸仁が問う。

「俺は……つぐみさんの友達です」

「でも」

「友達です」

朔太郎は強く言い切る。

それ以上見ていられなくて、つぐみはそこから離れた。


店に戻ると、どうだったとみんなに聞かれたので、見つけられなかったとだけ答えて、今夜は飲みすぎてしまったからと先に帰らせてもらうことにした。出口まで送ってくれた小嶺先生から、余計なこと言ってごめんと謝られ、いいよと首を横に振った。

「僕、お酒入ると駄目なんだよ。ほんとごめん」

「ううん俺の代わりに怒ってくれてありがとう」

どちらもお酒が入っていて、多感な女子中学生のように抱き合って別れた。

そのあと二丁目ではない普通のバーを見繕って入った。アルコールは強くない。食事のときから数えるともう許容量は超していて、けれど今夜はもっと酔いたかった。酔いの力を借りて、一気に朔太郎に聞いてしまいたいことがある。

アパートに帰ったときにはもうふらふらで、分厚い水の膜に包まれたような鈍い気分で建物の裏に回った。勝手口の戸を叩《たた》く。返事はない。でも窓から灯りがもれている。しつこく叩いていると、内側から静かに戸が開いた。

「……朔太郎さん」

つぐみは朔太郎の身体を押すように中に入った。

「つぐみさん、酔ってる?」

「結構ね」

「途中で帰ってごめん。みんな気分悪くしてなかった?」

「知らない」

投げ出すように言った。そんなことはどうでもよかった。朔太郎の肩に額を置いて、甘えるように体重をかける。

「部屋まで歩ける? 送ろうか?」

朔太郎の手が宥めるように背中を叩く。つぐみはむずがる子供のように身をよじった。

「……なんで」

「うん?」

「なんで、伸仁にあんなこと言った?」

背中を叩く手が止まった。

「見てたの?」

優しく問われて、朔太郎の肩に強く額をぶつけた。

「伸仁とやり直したいなんて、誰がそんなこと言ったよ」

ガンガンと何度も額をぶつけ続けていると、余計に酔いが回ってくる。

「俺の気持ちはそんなんじゃなくて……」

小嶺先生が伸仁に怒ったとき、自分が言えなかったことを代わりに言ってもらえた爽快感《そうかいかん》を感じながら、その裏で複雑な気持ちも湧《わ》き上がった。

伸仁はワンマンなところもあるけれど、悪気はない男なのだ。だからといって全て許せるものではないけれど、やはり長く気持ちを分け合ってきた相手だ。伸仁の状況を知って、自分にできることがあるなら……と思う。けれどそれは恋人同士に戻ることじゃない。

冷静に考えながら、冷静に考えることができる自分に驚いている。

以前はこうじゃなかった。大丈夫と強がってもやはりひとりは心細く、伸仁にやり直そうと言われていたら、なにも考えずにうなずいていた。今は違う。ひとりで生きることに不安はある。けれど、伸仁に守られるよりも、朔太郎を守りたいと思っている。

「……朔太郎さんには、俺は、必要じゃない？」

肩に額を置いたまま尋ねた。

「つぐみさんのためだよ。伊東さん、約束してくれた。一度失敗したからもう同じ間違いはしないって。つぐみさんを大事に——」

「伸仁は関係ない。俺は朔太郎さんの気持ちを聞いてるんだ」

酔いで回らない頭の片隅で、もうやめろと冷静な自分が言っている。これ以上聞いたら友達でいられなくなるぞ。終わってしまうぞ。だから、もう聞くな。

「……俺には」

朔太郎があえぐようにつぶやいた。

「俺には、つぐみさんは、重い」

トンと足元の床が抜けた気がした。顔を上げると至近距離で視線が絡んだ。朔太郎はひどく苦しそうな顔をしている。重い、という言葉が頭の中でグルグル回っている。

「好きだから、重い」

朔太郎は言い直した。

「自分がこの先どうなるのか、俺にもわからない。このまま行くのか、悪化するのか、毎日不安で不安でしかたない。こんな俺じゃ、つぐみさんを守ってあげられない」

「俺は守ってもらおうなんて思ってない」

「わかってる。でも、だから余計に、好きな人を守ってあげられない自分が情けない。優しくしてもらってばかりで、なにも返せない」

朔太郎は顔を歪《ゆが》めた。

「もらってばかりで、もうこれ以上持ちきれない」

つぐみは茫然とした。

「……じゃあ、優しくしないよ」

朔太郎を見上げた。

「もう、優しくしないから」

朔太郎の首に腕を回して、ゆっくりと顔を近づけた。

「つぐみさ——」

さえぎるようにくちづけた。驚いた朔太郎が押し返してくる。けれど渾身《こんしん》の力でしがみついた。無言の攻防を繰り広げながら、情けなさで涙がにじんでくる。

「……朔太郎さん、お願いだから」

グシャグシャの声で名前を呼ぶと、押し返してくる手から力が抜け、次の瞬間、抱きしめられていた。きつく唇を吸われ、舌が押し込まれてくる。わずかな隙間で呼吸をするため、どんどん息が荒くなる。シャツの裾《すそ》から入り込んできた手が肌の上を暴れ回る。いつもの穏やかな朔太郎ではなく、くちづけたまま、ずるずると壁を伝って崩れ落ちていく。たまらなく幸福感に満ちた落下の感覚に酔いが深くなる。

「……朔太郎さん、好きだ」

くちづけたままつぶやくと、朔太郎が動きを止めた。さっきまでの荒々しさが急速に影をひそめて、我に返ったように身体を離す。思わずシャツをつかんで引き止めた。

「……なんで？」

「ごめん」

「謝らなくていいから、なんで？」

「ごめん」

それしか返ってこない。朔太郎はうつむいて、自分で自分の手首をにぎりしめている。手の甲に筋が浮き上がっていて、ひどく力を込めているのがわかる。

「……もう、部屋には来ないでほしい」

そう言うと、朔太郎は背を向けた。しばらくそのまま待っていたけれど、朔太郎が振り向くことはなく、つぐみはのろのろと立ち上がって部屋を出た。

酔いはもうすっかり醒《さ》めていて、十二月の冷たい空気に身体がぞくりと震えた。表庭に回ると、闇の中にうっすらと白い山茶花《さざんか》が浮かび上がっている。空っぽの頭でそれをぼんやり見ていると、はらりと花びらが落ちた。椿は花ごと落ちるが、山茶花は一枚ずつ花びらを散らしていく。一番わかりやすい椿と山茶花の見分け方だった。

今度、朔太郎に教えてあげよう。

けれど、もうそんな他愛ない時間はないのだと気づいた。

――もらってばかりで、もうこれ以上持ちきれない。

朔太郎のお荷物にだけはなりたくないと思っていた。だから、もう朔太郎のそばにはいられない。つぐみは山茶花に顔を近づけ、甘い香りに目を閉じた。あのとき、鼻についた花粉を拭《ぬぐ》ってくれた朔太郎の指の感触を思い出す。あたたかくて優しかった。

——アパートを出よう。

甘い花の香りに包まれながら、気持ちを強く持とうと思った。

引っ越しの日は、ここに来たときと同じようによく晴れていた。さびしくなる。たまには顔見せにおいで。新しいところに飽きたらまた戻っておいで。半年余りだったのに、あたたかい言葉をくれるみんなにつぐみは礼を言った。

できるなら、ずっとここにいたかった。朔太郎の存在だけではなく、このアパートの雑多でにぎやかな空気は、一番さびしかったときのつぐみを助けてくれた。

荷物は先に引っ越し屋のトラックが持って行き、それをつぐみが電車で追いかける。ここに来たときと違って、朔太郎は手伝おうかと言わなかった。優しいなと思った。関わらないと決めたら、おかしな未練が生まれないようにもう一切手は出さない。

「つぐみさん、元気でね。幸せになって」

朔太郎はそう言って目を細めた。朔太郎には、伸仁とやり直すことになったと嘘をついている。色々考えた末、一番朔太郎を安心させられると思った。

「やだ、朔ちゃん、娘を嫁にやるお父さんみたい」

エリーがからかう。

「それくらいの気持ちだよ」

朔太郎も冗談ぽく返し、みんなが笑い、もう話すことはなくなってしまった。

「……じゃあ」

「うん」

そんな簡単な別れで門を出た。駅への道を歩いていく途中、振り返るとみんな手を振ってくれていた。真ん中に朔太郎がいる。視界がどんどんぼやけていく。これで最後なのだからもっとはっきり見たい。目元を拭おうとして、止めた。泣いているのがばれてしまう。

つぐみは小さく手を振り返し、すぐに前を向いて駅へと向かった。

新しい部屋は築二十年、八畳に四畳半のキッチンがついている。今度は迷わずに保証会社を通した。身寄りのない人なんて、自分が思うより世の中にはたくさんいるのだ。だから保証会社なんてものがあるのだ。簡単な事実に今さら気づくと心強くいられる。

荷物を運び込むとき住人とすれ違い、こんにちはと挨拶《あいさつ》をしたが、目を合わせずに会釈されただけだった。朔太郎のアパートとはずいぶん違う。けれどあそこが特別だったのだ。丸っきり無視されなかっただけマシかと思いながら荷物を片づけた。

片づけは半日程度で終わり、近所の下見がてら夕飯を食べに出かけた。駅まで歩いて二十分ほどかかるけれど、代わりに家賃が安い。商店街があって、歩いているのは老人が多く、のんびりした雰囲気は住みやすそうだった。大きめの通りに年季の入った定食屋を見つけ、適当に焼き魚定食を食べ、帰りにコンビニで朝食のパンと牛乳を買って帰った。

エントランスのドアを開けると、吹きこんだ風がポストから落ちたらしい投げ込みの広告をひらりと舞わせる。寒々しい風景を見ないよう階段を上がり、鍵を開けると、真っ暗な空間が広がっていた。

「ただいま……」

ひとり暮らしなので誰も返事をしない。当然だなと電気をつける。明るくなったのに、狭い玄関から見えるキッチンと部屋はなぜかもっと寒々しく見えた。

十二月も半ば、部屋は冷えきっている。備えつけのエアコンをつけながら、こたつを買おうと思った。エアコンは空気が乾燥して喉が痛くなる。電気代もかかる。こたつはビジュアル的にもあたたかい感じがする。近くにホームセンターはあったかな。日常のことで頭をいっぱいにして、隙あらば入り込もうとする薄ら寒いものを拒絶した。

やっぱり、正直なことを言うと不安はあるのだ。年も越そうかという十二月、クリスマスも正月もひとりだ。先のことは考えるなと思いながら、来年もこんな感じで過ごすんだろうなと思うと少し情けなさも感じる。けれど、こんなものかなとも思う。

三十五年もかけて、結局、自分の手のひらにはたったひとつのものしか載っていない。日本語を紡いで生きる糧を得るというたったひとつ。いざというとき、ふとしたとき、何度もそのことに気づく。ああ、これしかないんだなと、馬鹿みたいに、何度も、悲しくなったり歓んだりを繰り返す。今は、さびしいときもあるけれど、感謝の方に秤《はかり》が傾いている。

つぐみは原稿用紙を出し、小さなテーブルに置いた。

仕事用の原稿はパソコンを使うけれど、これは手で書いている。

少し前から、二、三日にひとつ小さな話を書くことを習慣にしている。朔太郎と知りあってからのあれこれを綴《つづ》っているのだ。大きな事件は起きない、ささいな日常のことばかりで本当に短い、一話三、四ページのものだけれど——。

この話を書くようになって、久しぶりに万年筆にインクを入れた。すぐに修正がきくパソコンと違って、手書きは書きはじめるまでが長い。なにを書こうか、どう書こうか。ぼんやり考えていると朔太郎をとても近くに感じる。この時間が一日のうちで一番幸せだ。

——好きだから、重い。

朔太郎はそう言った。自分は嫌われたわけじゃない。そこだけはちゃんとわかっていようと思う。いつもの癖で自分を卑下《ひげ》して、朔太郎の気持ちをねじ曲げないようにしたい。そう思える強さも朔太郎にもらった。だからもういい。これ以上はもういらない。

万年筆を持つ手に力を込めて、つぐみは原稿用紙にゆっくりと文字を刻んだ。

『朔太郎さんのこと』

書き出しのタイトルはいつも同じだ。一文字一文字、ゆっくりと宝物を埋め込むみたいに原稿用紙を埋めていく。今夜は朔太郎の祖父のお見舞いに行ったときのことを書こう。自分と朔太郎のことではなく、朔太郎と祖父が交わしていた会話を綴っていく。

自分が覚えている限りの他の人と朔太郎の話を書いていく。自分とのことは書かない。もし朔太郎が読んだとき、思い出して悲しくなるようなことは書きたくない。それに、自分と朔太郎とのことはわざわざ書きとめる必要がない。

公園のつつじの茂みでつぼんだ白い花のように眠っていた紋白蝶《もんしろちょう》のこと。ハート型のキュウリのこと。黄昏《たそがれ》の青色にふたりして指先をとかそうとしたこと。夜の山茶花のこと。朔太郎と過ごした時間はちゃんと自分の中にある。これからも忘れない。

読んでくれる人が、幸せとまではいかないけれど、いい気分くらいになってくれれば。そんな風に思いながら書いていく。けれどどこの短編集は誰にも読んでもらう予定はない。自分が読んでほしい人は朔太郎だけだからだ。だからタイトルも『朔太郎さんのこと』。余計なものをそぎ落としていくと、朔太郎の形にぴたりと添うシンプルな物語が浮き上がってくる。

誰にも読まれない。使い道はない。なんの役にも立たない。

それでも、書くこと自体が自分の幸せだった。

万年筆が原稿用紙を削る、カリッという音が耳に心地よく響く。狭い部屋の中でも、こんなに簡単に幸せになれることに感謝した。感謝しながら、ぽたりと落ちた一滴で、青いインクが滲《にじ》んでしまった。

どうして泣くんだろう。感謝しているし、幸せなのも嘘じゃない。けれど、やっぱり、人間はそういうものだけでできているわけではないんだなと、ぼんやり揺らいでいく青い文字を不思議な気持ちで見つめていた。

携帯に公衆電話から電話がかかってきたのは、二月の寒い午後だった。ご無沙汰《ぶさた》しておりますと響いた古めかしい声に思わず背筋が伸びた。朔太郎の祖父だ。

『ご無沙汰しています。引っ越しのご挨拶にも伺わずに大変失礼を——』

『いやいや、そんな堅苦しいことはええんです。今日はわしの方がつぐみさんに折り入って頼みがありまして。電話で話すのもなんなので、一度来てもらえませんか』

『あ、はい』

『頼む立場で呼びつけるのも申し訳ないが、なんせ足がよう動かんのですわ』

『ぜひ伺わせていただきます』

明日の約束をして電話を切ってから、頼みとはなんだろうと気になった。朔太郎のことだろうか。もしかして病気のことでなにか変化が……。そう思った瞬間、悪寒がした。まだなにも聞いていないうちから悪いことを想像してしまう。自分の悪い癖だ。

椅子《いす》の上にあぐらをかき、つぐみは天井を見上げた。想像通りだとしても、一番しんどいのは朔太郎と身内だ。なにを聞いても動揺するな。つぐみはじっと石のように同じ姿勢で天井をにらんだあと、再びパソコンに向かって猛烈な勢いで仕事をはじめた。


「寒い中、すいませんでしたな」

半年ぶりに会う朔太郎の祖父は、変わらずかくしゃくとした印象だった。

「ご無沙汰しています」

つぐみは頭を下げた。見舞いの塩大福を渡すと、祖父はとても喜んでくれた。しかし先日医者からついに甘いものを禁止されたのだと心底嫌そうに溜息《ためいき》をついた。慌てて詫《わ》びると、長生きするためにはしかたないと頼もしい言葉が返ってきた。

「それより病室を移ったことを言い忘れていましたな。手間をかけてしまって」

「すぐにわかりましたから」

以前の外科病棟を訪ねたら、祖父は内科病棟の個室に移動したと看護師に教えられた。骨だけではなく他にも変調が出たのだろうが、詳しく聞くことは避けた。

「ところで、今日、呼びだてしたのは――」

椅子にかけると、祖父は前置きもなしに切り出した。

「アパートに戻ってきてくれませんか」

「……え？」

「朔太郎のそばにいてやってくれませんか」

祖父は言い直した。

「あ、あの、朔太郎さんになにか。もしかして病気が……」

声が震えた。昨日から押さえ込んでいた嫌な予感がぶわりとふくらむ。

「……ああ、やはり知っとりましたか」

さっきまでのかくしゃくとした印象から一変、祖父の肩から急に力が失われた。祖父は窓の外にゆっくりと視線を移した。今にも雪が降りそうなグレイの空が広がっている。

「怪我ゆうのは、見えるところより見えない場所の方が厄介ですな」

事故のあと、朔太郎は変わった。頭の怪我とは別に、祖父の世代には馴染みのない心の病気にかかり、毎日ただぼんやりと過ごし、なににも心を動かさない。そんな朔太郎に、あるとき変化が起きた。死んだ魚みたいな目にわずかだが光が戻り、そのうち、ふとした拍子に笑うようになった。いとうつぐみという作家の本がきっかけらしい。朔太郎は徐々に外に目を向けはじめ、アパートの管理をやるようになり、なんでも屋をはじめた。

「あれの親は朔太郎が立ち直ったと喜んどったが、わしはなんやら不安でした。不思議なもんで、人間は元気になったらなったで無理をして、結果、ぽきっと折れてしまうときもあるでしょう。わしはそれだけが心配でしたが――」

祖父はつぐみを見た。

「それが、あんたと出会って朔太郎は変わった。なんやそれまでふわらふわら風に揺れる草みたいだった足元に根が張ったように感じました。地力がついたというかね」

祖父はテーブルに飾られた白い山茶花を見た。

「身内が言うのもなんですが、朔太郎はなかなかええ男です。昔から、自分の持ちもんを鼻にかけんところが美点だと思っとりましたが、持ってたもんを全部取り上げられてから、あいつは初めて自分が人より恵まれていたことに気づいたんかもしれません」

失くしてから気づくとは残酷なことですな、と祖父は目を伏せた。

「いつ壊れるかわからん頭で、マイナスから生き直しとるときに、朔太郎はあんたと出会ったんです。あんた、身内が誰もいないと初対面で朔太郎に訴えたんだって？」

おかしそうに問われ、瞬時に顔が熱くなった。

「あ、あのときは自分のことだけで精一杯で、周りに目が向いていませんでした。俺なんかより、朔太郎さんの方がよっぽど大変だったのに」

「いや、朔太郎は朔太郎で感じ入るところがあったらしいですわ。子供のころから苦労をしていそうなのに、あの人には全然拗ねたところがないとか、見舞いに来るたび嬉しそうに話すようになりました。自分が一番つらいときに顔を上げさせてくれた人で、余計胸にくるもんもあったんでしょう。あんた見てると、自分も頑張ろうと思えると言っとりました」

祖父もようやく安心していたのだが、去年の末からあれほど話していたつぐみの話をしなくなった。元気そうにしてても、時折、ふと目が遠くなる。見舞いに来てくれたアパートの住人にさりげなく探りを入れると、つぐみが引っ越したと言う。

「つぐみさん」

祖父はつぐみに向き合った。

「朔太郎にはあんたが必要です。男でも女でもそんなことは関係ない。どうか朔太郎のそばに戻ってきてやってもらえませんか」

不自由な身体を折り曲げ、祖父は深々と頭を下げた。

「荒野さん、やめてください」

「いいや。わしは勝手な老人です。あんたがいいと言うまで顔は上げません」

祖父は頭を下げ続け、つぐみはうつむいて膝に置いた手を強くにぎりしめた。

自分だって朔太郎のそばにいたい。けれど駄目なのだ。

今の自分は、朔太郎には重すぎる。

自分と朔太郎は同じ秤の左右に載っていて、それぞれが自重でゆらゆら揺れている。少しでもバランスを崩したら、相手も巻き込んで落ちてしまうかもしれない。ふたりなら落ちてもいいじゃないか、とはつぐみには思えない。そんなのは駄目だ。朔太郎もそう思っている。だから一緒にはいられないと、あのとき朔太郎は答えを出したのだ。

「……すみません」

　声を振り絞ると、祖父はようやく頭を上げた。短い間に、一気に年を取ってしまったような表情に胸が締めつけられる。つぐみは自分の鞄《かばん》から原稿用紙の束を祖父に渡した。

「自分が書いたものです。短い話ばかりですけど」

「……『朔太郎さんのこと』」

　手書きのタイトルを読み上げ、祖父はつぐみを見た。

「荒野さんにおあずけします。少し前から書いていて、特に誰に見せる予定もなかったんですが、これからもずっと書き続けていくつもりです」

「……あんた」

　祖父は痛ましいものを見るように眉根を寄せた。

「すみません。今の俺には、こんなことしかできません」

　つぐみは頭を下げ、今にもあふれそうなものをこらえた。

「……八十を越しても、人間は悟れんもんですなあ」

　祖父がぽつりと言った。

「自分の孫ほど若い相手に、見当違いのわがままを言って困らせる」

うつむいたまま首を横に振ると、

「雪ですな」

と祖父がつぶやき、つぐみは顔を上げた。

「……ほんとだ」

窓の向こうは一面うっすらとしたグレイの雲に埋め尽くされ、ふわふわと白いものが降っている。花びらみたいに美しい。もしくは塵《ちり》のような無価値なものにも見える。同じものなのにどちらにも見えることが不思議で、まるで人の一生みたいだと思った。


つぐみは『朔太郎さんのこと』を書き続け、ある程度まとまると病院を宛先に祖父に送るようになった。そのたび祖父から丁寧な礼状が届いた。

礼状には必ず朔太郎の近況が添えられてある。なんでも屋の仕事の依頼が増えてきて、朔太郎は毎日忙しくやっているらしい。庭の手入れ、引っ越しの手伝い、独居老人の病院への送り迎えや買い出しなど。しかし家出したペットの捕獲だけは下手なままだと。

流れるような毛筆で綴られる手紙を読みながら、泣きそうになったり、覚えてしまうくらい読み返したあと、いただきものの菓子の空き箱に大事にしまった。

秋には、礼状と一緒に、ようやく退院できましたという嬉しい報告がついていた。なにかお祝いをと考えたが、身体のことを考慮すると食べ物は避けた方がいい。考えた末、つぐみはいつもの『朔太郎さんのこと』とは別に、『荒野さんのこと』という短編を書いた。とんだ手前味噌《みそ》だと恥ずかしく思いつつ、やはり自分にできる最高の贈り物はこれだった。

祖父からはすぐにとても楽しんで読んだという礼状が届いた。そして最近、パソコン教室にも通い出したということが書いてあった。よければメールを交換しましょうという文に、自分でよければ喜んでと返事をした。

六十の手習いならぬ八十の手習いは楽しいらしく、つぐみと祖父は頻繁にメールを交わし合うようになった。それほど期間を空けず朔太郎の様子を聞けるのがありがたい。

——朔太郎は毎日元気にやっている。

——症状がやや進んだが、心配してもしかたないと本人は言っている。

その日、祖父からのメールを閉じ、つぐみはパソコンの前でうなだれて目を閉じた。

朔太郎はよほどのことでないと苦しさを見せないので、周りが推量するしかない。今、朔太郎はどんな気持ちでいるんだろう。怖くないはずがない。苦しさが過ぎてはいないだろうか。食事はちゃんとしているだろうか。ちゃんと眠れているだろうか。

今すぐ部屋を飛び出して朔太郎に会いに行きたい。会って、抱きしめたい。

感情があふれてどうしようもなくなると、つぐみは万年筆を手に原稿用紙に向かった。『朔太郎さんのこと』は枚数を重ねていく。仕事のペースも以前より上がった。原稿を書いているときだけ、様々な悲しみや不安から解き放たれる。

冬から始まった小嶺先生との共作は飛躍的につぐみの名前を売ってくれて、仕事の依頼が一気に増えた。それぞれの読者からの酷評も多かったけれど、自分も小嶺先生も新しいチャレンジに満足だった。打ち上げの飲み会では小嶺先生につられて珍しくつぐみも酔いつぶれ、中西と貢藤にそれぞれ背負われて帰ったのがいい思い出だ。

祖父からも、少女漫画というものを初めて読んだが、とても楽しめたというメールをもらった。八十を越して少女漫画を読んでいる祖父を想像して楽しい気分になった。最近あちこちでつぐみの名前を見かけるので活躍を喜ばしく眺めているが、身体にだけは気をつけて、体調など崩したときは遠慮せず連絡をするようにと結んであり、引き締めている気持ちがゆっくりとほどけていくのを感じた。

次の春、祖父から荷物が届いた。なんだろうとやたらと重い箱を開くと、古くからある有名な文具店の原稿用紙がぎっしりと入っていた。もちろん新品で、よく見ると左下に『いとうつぐみ』と名が入っている。特注の原稿用紙だった。

「……うわ」

ひとりきりの部屋で、思わずつぶやいた。さらりと指先がすべる上質な紙の質感。名入りの原稿用紙なんてどこの大先生かと恥ずかしくなる。けれど嬉しかった。

仕事の原稿はいつもパソコンで書いているので、これは『朔太郎さんのこと』専用にしようと決めた。百冊ほど入っているだろうか。全てそのために使おう。使い切っても、まだ書き続けよう。じわりと視界がにじんで、原稿用紙のマス目が歪《ゆが》んでいく。

いつもはぐっとこらえるそれを、今夜は素直にこぼれるままにした。これは悲しいんじゃない。嬉し泣きだ。だからいいんだと、つぐみは泣き笑いで原稿用紙をなで続けた。

それからも、つぐみと祖父の親交は続いた。

たまった原稿を送ると、丁寧な礼状が来る。

それとは別に、日常のささいなできごとや朔太郎の近況をメールで交わす。

季節の折り目やなんでもない普段のときにも、段ボールの荷物が届くようになった。菜園で収穫した野菜やどこのスーパーにも売っている日常的なお菓子など。田舎の親が子供に送るような、ガムテープを剝《は》がして中を見た瞬間、気持ちがゆるむようなものばかりで、なんだか実のお祖父《じい》ちゃんができたようだった。

その日届いた段ボールもそうだった。菜園で穫れた南瓜《カボチャ》やさつまいも。昔からあるような海苔《のり》を貼りつけた醬油《しょうゆ》味のおせんべい、蜜をまぶしたかりんとう。新発売のアーモンドチョコレート。祖父から届くものは、いつも古いものと新しいものが絶妙なバランスで入り交じっているのがおもしろい。他には塩キャラメル、甘露飴《あめ》、ミントのタブレット。

――あれ？

段ボール箱の前に座り込んで、つぐみは首をかしげた。

それが祖父から届いた最後の贈り物になった。

アパートを出てから、ほぼ二年が経った冬の日だった。

『今朝早く、祖父ちゃんが逝きました』

瞬間、つぐみは携帯を手にきつく目を閉じた。携帯に朔太郎の名前が表示されたときから嫌な予感がしていたのだ。朔太郎が連絡してくるなんてよほどのことがあったのだと。

通夜が行われている荒野のアパートには、生前の祖父の親交の広さを示すように多くの人が訪れていた。もちろんアパートの住人もいて、互いに祖父の死を悲しむ中、いつも無表情に感情を出さない仁良の目が真っ赤に腫れていたことが印象的だった。田舎から上京して、ずっと引きこもっていた仁良に祖父は絶妙の距離感で接していたのだ。

遺影を見上げたとき、最後に会ったときのことを思い出して涙がこぼれた。あの日と同じように、今日も朝から雪が降っている。焼香をすませてもすぐには去りがたく、ぼんやりと庭に立って降る雪を眺めていた。

「つぐみさん」

振り向くと朔太郎が立っていた。焼香の家族席には朔太郎の親世代が並んでいたので、顔を合わせるのは本当に久しぶりだった。

「今日は、祖父のためにありがとうございました」

折り目正しく頭を下げられ、つぐみも黙って頭を下げた。視線が絡んでも、お互い言葉が出てこない。あれほど会いたいと願っていたのに、こんな形では会いたくなかった。

「雪、ひどくなってきたね」

朔太郎が空を見上げた。横顔に、祖父の面影が垣間見える。もっとたくさん、色々な話を祖父としたかった。朔太郎のこととはまた別で、つぐみは祖父がとても好きだった。

朔太郎の横顔からそっと視線を外し、つぐみも降り落ちる雪を眺めた。白の山茶花が庭をぐるりと取り巻いている。控えめで優しげな花に、アパートに住んでいたころのことを思い出した。酔った朔太郎を担いで帰った夜のこと。花粉で鼻を黄色く汚したこと。

「山茶花、きれいだね」

つぶやくと、朔太郎がこちらを見た。

「山茶花？」

問い返され、どきっとした。

朔太郎がつぐみの視線を追いかけて山茶花を見る。

「あれ、椿じゃないの？」

再びの問い返しに、つぐみは動揺をこらえた。

——症状がやや進んだが、心配してもしかたないと本人は言っている。

——症状がやや進んだが。

——症状がやや。

気づかれないよう呼吸を整え、平然を装い「山茶花だよ」と答えた。

「ほら、花びらが散ったろう」

指さすと、朔太郎はそちらを見た。降る雪に紛れて、白い花びらがひらり、またひらりと枯れた芝生に落ちている。以前、教えてあげればよかったと後悔したことを、こんな形で伝えることになるとは思わなかった。少しも嬉しくなくて、ただ、悲しい。

「あれが椿と山茶花の一番わかりやすい見分け方かな。椿は花ごと落ちるけど、山茶花は一枚ずつ花びらを散らしていく。椿の落花を不吉だって言う人もいるけど——」

あ、と朔太郎がつぶやいた。

「思い出した。ああ、違う。つながった」

朔太郎がなにを言ってるのか、つぐみにはよくわからない。

「椿は潔く、山茶花は余韻を残す。どちらも日本人好みの美しい花だけれど、朔太郎の祖母はたおやかな感性の人だったのだろう……こんな感じだったね？」

問いの形に締めくくられた内容に覚えがありすぎる。

「普通は記憶ってつながって続いていくもんらしいけど、今の俺の頭の中は、記憶の半分くらいがふわふわ浮いてる感じなんだって。覚えてるんだけど、バラバラに散らばってて、ひとつ思い出したらつられて思い出すってことが難しくなってきてる」

つぐみはきつく唇をかみしめた。

「悲観はしてないよ。まだ全然覚えてることの方が多いし、今みたいに運良くまたつながってくれることもある。『朔太郎さんのこと』は物語形式になってて特に思い出しやすい」

「……いつから、読んでた？」

恐る恐る聞いた。

「つぐみさんがアパートを出た次の年だったかな。祖父ちゃんから手書きの原稿用紙の束を渡された。タイトルに『朔太郎さんのこと』って書いてあって……。あれを読んだとき、俺がどんなに嬉しかったか、あれを書いたつぐみさんにだってわからない」

朔太郎は本当に嬉しそうにほほえんだ。

「でも、すぐに喜んでる場合じゃないって思った。伊東さんとやり直してると思ってたから」

「……ごめん、嘘ついて」

「謝らないで。嘘をつかせたのは俺なんだから。つぐみさんの気持ち置いてきぼりで、勝手にあんなこと伊東さんに頼んで、結果、俺がつぐみさんをアパートから追いだしたみたいなもんだなって。俺はすげえわがままな人間なんだなって、あのときわかった」

「そんなこと――」

「だってさ」

強い声でさえぎられて驚いた。

「つぐみさんがひとりで暮らしながら俺のことを書いてくれてるって知って、泣けてくるほど嬉しかったんだ。伊東さんの元に戻らず、ひとりでいることを知って嬉しかった。つぐみさんに身内がいないって知ってて、それでも嬉しかった。それって勝手じゃないか」

朔太郎の顔がどんどん歪んでいく。

「つぐみさんのことなんか全然考えてない。俺は自分のことばっかりだ」

「朔太郎さん、俺は――」

こらえていた気持ちが込み上げてくる。

ずっと朔太郎のそばにいたいと思っていた。昔も、今も、これからも。

「だから、今度こそ、もう手を離すよ」

あふれようとしていた言葉が、喉のあたりで堰《せ》き止められた。

「俺のことは、もう本当に忘れてほしい。『朔太郎さんのこと』、あんなにたくさん書いてくれてありがとう。好きな小説家に自分の話を書いてもらえるなんて、めちゃくちゃ幸せ者だ。ほんと俺は恵まれてる。一生大事にするよ」

朔太郎は笑った。朔太郎のことをなにも知らなかったころ、この人は苦労なんて知らないんだろう、恵まれた人生を送っているんだろうと人に思わせる笑顔だ。自分の荷物は自分だけで持とうと決めている笑顔だ。自分は、やっぱりそこには入れてもらえない。

「……朔太郎さん、ひとつ聞いていい？」

「なに」

「今まで、メールをくれてたのは朔太郎さんだよね」

朔太郎はわずかに目を見開いた。

「多分、封書の礼状は荒野さんが書いていた。メールは朔太郎さん。贈ってくれたものは、荒野さんと朔太郎さんとふたりで選んでくれていた……じゃないかな」

だからいつも、懐かしいものと新しいものが混じっていたのだ。

「いつから、わかってた？」

朔太郎は観念したような顔をした。

「いつも届く箱の中に、ミントの菓子が入ってるの見たとき」

「ミント？」

「荒野さんのお見舞いに行ったとき、お互いミントが苦手だって話になったことがあった」

そう言うと、朔太郎は遠い目で山茶花を眺めた。

「……そっか。俺、そんなことも忘れちゃってるのか」

朔太郎はうつむきがちに笑い、けれどすぐこちらに向き合った。口角が上がっていて、無理して笑みの形を保っているのがわかる。

「さようなら、つぐみさん」


帰りの道には雪が積もっていた。灰色の空から降ってくるぽってりとした塊が黒のコートに瞬く間に積もっていき、一歩踏み出すたび軽く足が沈む。

うつむきがちに駅へと歩く中、どうして歩かなくてはいけないのか、唐突にわからなくなって立ち止まった。歩いて、駅へ行って、電車に乗って、家に帰る。そういう当たり前のことになんの意味も見いだせずに、このままこの場にしゃがみ込んでしまいたくなる。

ひどく寒いのに、鼻の頭や目元がじんわりと熱くなっていく。

熱を含んだまま、涙が頬を伝い落ちて、すぐに冷えて凍っていく。棒のように立ち尽くしたまま、ずっとこらえていたものがあふれて止まらない。しゃっくりみたいな声が出た。

失くしたものを数えるなんて馬鹿げている。なのに数えてしまう。

もうメールは来ない。

流れるような力強い達筆の礼状も来ない。

季節の野菜や他愛ない菓子の詰まった箱も届かない。

誰も悪くないし、誰かを恨んだってしかたない。わかっているけれど、もう自分を律することに疲れてしまった。頑張っていればそのうちいいことがある。悪いことばかり続かない。なのにいつも大事なものばかり失くなってしまう。いつもなにも残らない。

これからもこうなら、もう歩き出したくない。

このまま雪の中に埋もれて息が止まってしまってもいい気がする。

そうなっても、誰もすぐには自分を捜さない。

ひとりとはそういうことなのだと、目の前に広がる灰色の景色を見つめた。

毎日、誰もいない部屋で起きる。仕事をする。ひとり分の食事を作る。ひとりで食べる。ひとり分の食器を洗う。誰とも話さず一日が終わることなんて珍しくもない。毎日、毎日、じわじわと孤独に食いつぶされて、なんだかさびしがるために生きているように思える。

自分は健康で、それだけでも幸せで、ありがたいと感謝するべきだ。

じゃあ、健康なまま、自分はあとどれくらい生きるんだろう。

その日まで、あと何回こういうさびしい一日を繰り返すんだろう。

なんだか気が遠くなって、全身から力が抜けていく。死にたいというより、生きていく気力が湧かない。心残りというなら、書いている途中の小説くらいだ。誰かのためでなく、自分のためだけに生きるのはひどく疲れる。身体ではなく、心がすり減っていく。

「……凍るよ」

ずっと立ち尽くしていると、降る雪に紛れて声がした。

「雪、積もってる」

大きな手が背後からつぐみの頭に積もった雪を払ってくれる。

振り向こうとしたら、骨が軋む音がしそうなほど身体が凍りついていた。

「……朔太郎さん」

うまく声が出ず、掠《かす》れてしまった。朔太郎の頭にも結構な量の雪が積もっていたので、払い返してやると、朔太郎も凍りついて軋んだような笑みを浮かべた。

「ごめん、本当はずっと後ろから見送ってた。これでもう本当につぐみさんには会えないんだなって思ったら、少しでも長く見ていたくて」

「ちっとも気づかなかった」

ぼうっと突っ立っていたのを見られていたのかと、恥ずかしくなった。

「けど全然、歩こうとしないから」

「ごめん」

「謝らないで」

朔太郎は目を伏せた。そのまま、お互いの頭にまた雪が積もっていく。

どうしても歩き出せなかった自分と、それをずっと見守ってくれていた朔太郎。お互い胸のうちになにかがあるはずなのに、黙って向かい合ったまま、ふたりして雪に埋もれそうになっている。ふっと口元が引きつって、それは自然と笑みの形になってしまった。

「つぐみさん？」

「……ごめん、なんか、嬉しくて」

朔太郎は首をかしげた。

「……なんだろう。ごめん、でもなんか嬉しい」

うまく言えない。けれど、そうとしか言いようがなかった。

さっきまで雪に埋もれて息が止まってしまってもいいとすら思っていて、今も状況は変わっていない。なのに同じ雪に埋もれるのでも、朔太郎と一緒なら嬉しいと思えてしまう。

「朔太郎さん、この二年間、どうしてた？」

「え？」

ふいに切り替わった会話に、朔太郎は戸惑いを見せた。

「手紙やメールで色々聞いてたけど、やっぱりそばにいないとよくわからないし」

「あ、うん」

「俺は色々あった。メールにも書いたけど、こないだ出た本の初版が上がった」

「うん。俺も画面の前でガッツポーズした」

朔太郎が拳をにぎって見せ、つぐみは小さく笑った。

「こういうご時世だし嬉しかった。でも直に報告できる相手がいないのは味気ない。浮かれたあと、急に恥ずかしくなって、なんか慌ててテレビつけたりね」

三分の一ほど雪に埋もれている足元を見た。

「友達はいるよ。小嶺先生とか色々。外出ることも増えた。嫌なこととかさびしいことはあるけど、そんなのは誰だってあることだし。だからいいんだけど、なんか、たまに、ずっとこのままこれが続いていくのかなあって考えると、気が遠くなるときもあるね。うまく言えないけど、このままでいいのかなあとか、どうやって変えればいいのかわからないんだけど」

黒い靴に白い雪がどんどん積もっていく。

「荒野さんや朔太郎さんから手紙やメールが届くとすごいホッとした。身内ができたみたいっていうか、だから、俺は、やっぱり――」

言葉が詰まった。

「やっぱり……」

一緒に喜んでくれる相手がいないのはさびしいよ。だから、そばにいるのが駄目なら、せめて今まで通りでいてほしい。会わないし、電話もしない。だからメールだけは続けてくれないだろうか。朔太郎が負担に思わない程度でいいから――。

胸の中で言葉があふれている。離れていた二年間ため込んできたものがあるはずなのに、いざとなると十分の一も言葉にならない。原稿用紙の上ならもう少しうまく泳げるのに、陸揚げされた魚みたいに無様にはねることしかできない。

「ごめん」

それだけ言った。よく考えたら、今日は朔太郎の祖父の通夜だった。こんな日に嬉しいこともあったなど、自分はなにを言ってるんだ。常識外れにもほどがある。

「ちょっと、なんかおかしくなった。ごめん。じゃあ」

頭を下げて踵《きびす》を返した。恥ずかしかったので、逃げるような慌ただしい動きになってしまった。こんなのが最後なんて最低だなとさくさくと雪の中を歩いて行く。

「俺は、全部、忘れるよ」

背後で朔太郎が言い、つぐみは振り返った。

「つぐみさんに嬉しいことがあっても、それを俺に教えてくれても、ふたりでおいしいものを食べても、きれいな景色を見ても、一晩寝たら、俺は全部忘れてるかもしれないよ」

朔太郎はひどく苦しそうな顔で言葉を続けた。

「俺はつぐみさんとの思い出を忘れる。何度も同じことを聞く。俺はつぐみさんに迷惑をかける。つぐみさんを幸せにできない。俺はつぐみさんをかわいそうな人にする」

「かわいそう?」

問い直して、つぐみは朔太郎に向かい合った。

「かわいそうってそういうことじゃないよ。うまく言えないけど、人それぞれだけど、俺にとって朔太郎さんとのことは『かわいそう』じゃない」

「でも症状が進んだら、こんな風に話すこともできなくなるかもしれない」

「それでも——」

口を開いたつぐみを、

「だから」

と朔太郎は押し止めた。

「だから、そのときは、俺を捨てて行ってほしい」

一瞬、意味を捉えかねた。

「俺が俺じゃなくなったときは、なにも考えずに、俺を捨てて行ってほしい」

つぐみはもう一度まばたきをした。

今、とても幸福なことを言われた気がする。

どうか、勘違いでありませんように。

「……それまでは？」

恐る恐る、聞いた。灰色の空からちぎった綿みたいな雪が降り続けていて、儚《はかな》いそれが、強い覚悟を秘めた朔太郎の表情をちらちらとかすめる。

「それまでは、俺のそばにいてほしい」

言葉の強さとは裏腹に、朔太郎の顔は今にも泣き出しそうで、

「いる」

なにも考えずに答えた。

朔太郎が深く息を吸ったのがわかった。

「いる。俺は、ずっと、朔太郎さんのそばにいる」

かじかんで、うまく動かない手で朔太郎の手を取った。朔太郎の手は固く握りしめられていて、一本一本指を開いていくと、力を込めすぎて白くなっていた手のひらに、ゆっくりと血の色が戻ってくる。一緒に、朔太郎の顔が涙で歪んで崩れていく。

いつも笑っている朔太郎が、後ろ手に隠しているその顔を愛しいと思う。今すぐ抱きしめたくて、けれどここは街中で、雪がどんどん降る中で、うつむいて、ふたりでずっと手をつなぐのが精一杯だった。それでも充分すぎるほど幸せだった。

■　■　■

部屋に戻ったとき、わずかに足元がもつれてよろめいた。

「大丈夫？」

咄嗟に朔太郎が支えてくれた。

「うん、ちょっと酔った」

「結構飲んでたしね。ここ座ってて」

手を引かれ、つぐみは畳にぺたんと座り込んだ。ぼうっとしていたので、はいと水の入ったグラスを目の前に差し出されたとき、驚いてびくりと身体が揺れた。

「どうしたの、そんなびっくりして」

朔太郎がおかしそうに笑う。

「ごめん。なんか、まだ夢見てるみたいで」

グラスを受け取り、つぐみは懐かしい部屋を見渡した。

祖父の通夜から一ヶ月、つぐみは、今日からまた『maison荒野』で暮らす。

二年ぶりに戻ってきたアパートはなにも変わっていなかった。幾何学模様のガラスがはめ込まれた玄関の観音扉。廊下の右手に住人の部屋があり、左側にはイスラム風に組まれたタイル貼りの洗面所。窓からの日差しを受けて真鍮《しんちゅう》の蛇口が鈍く光っていた。

夜は以前と同じようにみんなで歓迎会をしてくれて、嬉しかったつぐみはついつい飲みすぎてしまった。ただひとつ以前と違うのは、今度は朔太郎と同じ部屋ということだ。

祖父が暮らしていた大家用の二間続きの部屋。キッチンのついた部屋を居間に、もうひとつは寝室に使う。そしてその隣、以前貢藤が住んでいた部屋はつぐみの仕事部屋になる。貢藤は少し前に引っ越しをしていた。

「夢だったら、俺が困るよ」

　朔太郎が隣に座った。一月の冷えた部屋の空気に、ふわりと人肌のあたたかみが混じる。たかがそんなことに幸せを感じて、つぐみは小さく笑った。

「なに笑ってるの？」

「うーん。貢藤さんの部屋、本当に俺が使っていいのかなとか」

「仕事部屋は必要だろう」

「でも貸したら家賃入るのに。俺はどこでも仕事できるから」

「でも、どっちにしても隣はもう貸すつもりはないよ」

「なんで？」

　朔太郎は困った顔をした。

「……一応、俺たちの寝室の隣になるわけだろう。色々気を遣うというか」

　朔太郎の言いたいことを理解し、つぐみは目元を赤くした。確かにそうだ。防音の行き届いたマンションではないので、すぐ隣に住人がいたらそういうことはしづらい。

「というわけで、そろそろ寝ませんか？」

　照れたように朔太郎が言い、つぐみも照れながら立ち上がった。グラスを洗って食器カゴにふせ、寝室に行くと朔太郎が二人分の布団を敷いていた。

「俺がやるよ。朔太郎さんは着がえてて」

「いいよ、慣れてるし」

「そうなの?」

「祖父ちゃんと暮らしてるときから、布団敷きは俺の仕事だったよ。なんでも屋の仕事でも介護関係が増えてきてるし、そろそろ資格取りに行こうかと思ってる」

「資格? すごい」

「なんでも屋だしね。やれることはなんでもやってかないと」

なるほどとうなずきながらつぐみも手伝う。清潔なシーツの手触りが気持ちよく、寝具の角をそれぞれぴしりと合わせるとなんとなく気持ちも改まった。

今夜から、ここで朔太郎と暮らす。

夜中に目が覚めても、隣に朔太郎がいる。

翌朝目が覚めたら、おはようと言える相手がいる。

「つぐみさん?」

呼ばれて、あ、と我に返った。

「ごめん。なんか、今夜からひとりじゃないんだなあと思って」

しみじみとシーツをなでていると、朔太郎が隣に座った。

「つぐみさん、これからよろしく。あんまり頼りにならない男だけど、全力でつぐみさんを守るよ。つぐみさんが望んでくれる限りそばにいる。絶対につぐみさんより長生きする。つぐみさんを残して逝かない。ひとりにしない。約束する」

「……朔太郎さん」

朔太郎の声はやわらかく、けれど切実さを秘めていた。

長生きとか、先に逝かないとか、そんなことは誰にもわからない。明日事故で死ぬかもしれないし、今夜寝ているときに災害が起きるかもしれない。どれだけ強く願っても、それだけは誰にもわからない。それでも、そう約束をしてくれる人がずっとほしかった。

「……俺も、朔太郎さんを幸せにするよ」

ちゃんと答えたかったのに、みっともなく声が歪んでしまった。

頭ごと抱き込まれて、身体が斜めに傾《かし》いだ。それはとても優しい傾ぎで、以前、同じ秤の端同士に載せられて、不安定に揺らされていたときとは全く違っていた。

途方もない安心感に包まれながら、顔を上げて自分からキスをした。額や睫《まつげ》や鼻の頭を触れ合わせながら、それをさらに詰めたくて、慌ただしく服を脱いだ。

大きな手のひらが、ひたりと肌に吸いついてくる。肌の相性が抜群にいいのか、あまりに強い密着感に、されていることをリアルに意識してしまう。

うなじや首筋を吸われ、脇腹をなで上げられ、胸の先に辿り着かれたとき、思わず息を詰めた。そこは本当に弱いのだ。指先で優しく円を描くようにされただけで、すぐに呼吸が乱れてしまう。うっすらとした兆しだけだった場所が、つんと固く凝っていく。

「……っ、ん」

ちゅっと音を立てて吸われた瞬間、声が漏れてしまった。

嬲《なぶ》られている胸元から、甘い疼《うず》きが下腹へ落ちて、性器を持ち上げていく。次第に足の中心が熱をためはじめ、そこをどうにかしてほしくて無意識に腰がよじれてしまう。

わかっているだろうに、それでも胸への愛撫《あいぶ》ばかりが続く。舌先で弾かれて、反対側は指で捏《こ》ねられ、尖《とが》りきってしまったふたつの突起がつらいほどの快感に疼いている。

「……朔太郎さん」

泣きそうな声で訴えると、朔太郎の手がようやく足の間に伸びていく。完全に勃《た》ちあがっているものをやんわりとにぎりこまれて、びくりと反応した。そこはもう先端に期待の蜜まで浮かべている。なのに待ち侘《わ》びている強い快感はやってこない。

嫌になるくらいゆっくりと扱かれながら、ちろちろと舌先で乳首を嬲られる。熾火《おきび》のようにくすぶる愛撫に、漏れる息はどんどん蕩《とろ》けていった。

「……んっ、あ」

くちゅっと音がした。性器の先から先走りがこぼれ、朔太郎の手の動きに合わせて水音を立てている。もっともっとと涎《よだれ》をこぼしてねだっているように聞こえてしまう。

何度かに一度、強く扱かれる。そのたび快感の水位がぐんと上がる。一番高いところまであと少し、なのに次の瞬間引き戻されて、体温を上げた身体だけが取り残される。

「朔太郎さん、もう……」

全身が火照って、指先までたっぷり蜜を詰めこまれているように重だるい。時期が来るまでけして弾けないよう、慎重に育てられる果実のようだ。

伝い落ちる蜜を追うように、朔太郎の手がそろそろと会陰《えいん》を辿っていく。背後でぴたりと閉じている場所。その周辺をほぐすように揉《も》まれ、こぼれた蜜を潤滑油に、つぷりと指が入ってきた。自らの熱で蕩けていた内側に、長い指が奥まで入り込んでくる。

ちょうど性器の裏あたりで折り曲げられ、びくりと腰が跳ねた。

「いい?」

恥ずかしさに答えられないでいると、同じ動きを繰り返される。そのたび、短い声が漏れてしまう。つぐみの反応を確認したあと、二本目がもぐりこんできた。

今度は迷いなく辿り着いたそこを、強く押されて背筋が弓なりに反った。

散々焦らされたあとだったので、強烈だった。いきなりの快感に腰が大きくよじれる。逃げるほど背後への責めは執拗《しつよう》になっていき、その間も胸の突起を舌で転がされている。

「ここ弄《いじ》られるのが好きなんだね」

かりっと乳首を噛《か》まれ、反射的に後ろがしまった。幾度も繰り返されて、これ以上なく育ちきった性器が、今にも弾けてしまいそうなほど大量の蜜を滴り落としはじめた。

「……朔太郎さん、も……、我慢できない」

もう、あとほんの少しの刺激で達してしまう。あと少し。あと少し。

なのにふいに刺激は失われ、あ、と惚けたつぶやきが漏れた。最高に熟した状態のまま両足を割られ、背後に力をため込んだものがあてがわれる。

瞬間、息を詰めた。

閉じた場所に、じわじわと圧をかけられる。ゆっくりとそこが口を開いて、朔太郎を受け入れはじめる。限界まで開かれた場所に、くぷりと先端が侵入してくるのがわかった。ぐっと入り込まれる感覚に、ふちいっぱいまで注がれた快感があふれだした。

「あ、朔太郎さ、待って、待……っ」

「痛い?」

「ちが……っ」

もう言葉にする余裕がない。どんどんあふれる快感に呑み込まれ、きつく目をつぶると、訳がわからないまま中心が弾けた。蜜を吹きこぼすたび、内側がぎゅっとしまる。

声も出せない時間が過ぎたあと、じわじわと身体がほどけていく。挿入される最中に達してしまうなんて初めてだった。薄く目を開けると、頬を上気させた朔太郎と目が合った。

「……ご、ごめん。こんなの初めてで」

ひとりで達するさまを見られていたのだと思うと居たたまれない。

「なんで謝るの。すごく嬉しい」

朔太郎が身体を折り曲げて、額にくちづけてくる。

ひどく満たされた状態でくちづけを交わす中、朔太郎がゆっくりと腰を引いていった。抜け落ちる寸前で、また入ってくる。お互いを馴染ませるようなゆったりとした律動に、再び甘い熱がよみがえってくる。

とろとろと蕩かされていく中、ふいに膝裏に手を入れられた。戸惑う間もなく両足を大きく開かれ、つながっている部分を全て晒《さら》される格好につぐみの全身が朱色に染まる。

「な、なに、朔太郎さん」

身をよじっても離してもらえず、つぐみは赤く染まった顔を背けた。

「ごめん、でももう待てない」

抱え上げた膝に愛しそうにくちづけ、朔太郎が腰を揺らした。

さわりとうぶ毛が逆立つような快感が走る。

張り切った先端で浅い場所を突かれると、痺《しび》れるような熱さが足裏まで広がる。開かれた足の中心で、吐精して力をなくしていた性器がまた形を変えていく。

「気持ちいい?」

首を横に振っても、完全に立ち上がってしまった性器が感じていることを知らせてしまう。達したばかりで敏感になっている内側が、全ての刺激を漏らさず拾いあげてしまう。だんだんのぼせたように頭がぼんやりしてきて、うわごとみたいに嫌だと繰り返した。

「本当に嫌?」

煽《あお》るように腰を遣いながら問われた。うっすらぼやけた視界に、興奮にひどく息を乱している朔太郎が映っている。理性が全くきいていない。そんな朔太郎を見ただけで、もっと深くつながりたいという欲求が湧いてくる。つぐみは朔太郎にしがみついた。

「……嫌じゃ…ない。もっと、して」

ふしだらな訴えに、いきなり結合が深まった。一突きごとに快感が深まって、また大きな波がやって来る。呑み込まれる瞬間だけを待つ中、ふいに性器を強くにぎりこまれた。

「……っあ?」

「今度は一緒に――」

わけがわからないつぐみの耳元に、朔太郎が苦しげにささやく。

すぐそこまで来ていた極みを堰き止められたまま、蕩けきっている内側を、朔太郎が出入りする。熱を含んで潤んだ襞《ひだ》をくまなく突かれ、ときおり大きく腰を回される。

「……っひ、や、それ……っ」

出口がないまま、蓄積される一方の熱に苛《さいな》まれる。シーツを強くつかんで快感に耐えていると、腹の上にこぼれた蜜を指ですくわれ、つんと尖った胸の先に塗り込められた。

「……っ、く」

背後を穿《うが》たれながら、ぬるぬるとした指先で乳首を捏ねられると、まともなことが考えられなくなる。性器の鈴口が小さく口を開け閉めして、たらたらと蜜をにじませる。

「……さ、朔太郎さ……、も、おかしくなる」

つながっている場所だけでなく全身が疼いて、もうどうしていいのかわからない。激しくなるばかりの涙まで滲み出したころ、ふいに根元の縛めがほどかれた。

「……っ」

堰き止めていた快感が一気に弾けた。

同時に、絶頂を極めている最中の内側に朔太郎の熱を注がれる。

ふたり分、受け止めきれない快楽に身をよじっても、しっかりと抱きしめられていて感覚を逃がせない。身動きできないまま、身体の奥までずぶ濡れにされてしまった。

「……は、あ……はあ」

続けざまに高みに持ち上げられて全身が重い。

脱力しているつぐみの中で、朔太郎がゆっくりと腰を引いていく。達したばかりで敏感になった内側が、引き留めるようにきつくしまる。きっと朔太郎にも伝わった。羞恥に息をひそめていると、満足そうな吐息が降ってくる。

「ごめん」

低いつぶやき。その言葉を理解する間もなく、朔太郎がまた入り込んでくる。放ったばかりだというのに、少しも力を失っていないものが再び出入りを繰り返す。

「さ、朔太郎さん、待っ……あっ」

深くつながったまま腰を回され、くちゅりと音が立った。

荒い息遣いと一緒に耳たぶを噛まれた。一瞬生じた痛みが、余計に快感を際立たせる。注ぎ込まれたばかりのものが、抽挿に合わせてみだらな音を立てる。

「……や、駄目だ……、もう……っ」

そう訴えながら、受け止めている場所が悦ぶように朔太郎をしめつけている。

立て続けの絶頂のあとで、快感のメーターが振り切れたまま戻らない。

うっすら目を開けると、同じ快感に翻弄《ほんろう》されている朔太郎と目が合った。瞬間、愛しさが湧き上がる。この甘い苦しさにもっともっと溺《おぼ》れたい。

「……朔太郎さん、もっと」

うわごとのようにつぶやいて、大きな背中を抱きしめた。

好きすぎて、苦しいから、もっと。

自分の上で揺れる、無防備な重みが愛しい。何度くちづけても飽きることがなく、落下のような、浮遊のような、判別つかない感覚の中でずっと朔太郎に揺らされていたかった。

何度からみ合ったかわからない。途中で一度終わらせたのに、身体を離す気にはなれなくて、くちづけを交わすうちにまた行為がはじまる。そんなことを繰り返した。

大きな胸に抱き込まれたまま問うと、朔太郎が枕元の携帯に手を伸ばした。

「……今、何時」

「三時半」

「朔太郎さん、明日、朝早かったね」

「うん。起こさずに行くから、つぐみさんはゆっくり寝てなね」

「なんで、一緒に起きるよ」

「無理しなくていいよ」

「無理じゃない。そうしたいだけだから」

朝、目が覚めたときに朔太郎が隣にいる。おはようと言い合い、行ってらっしゃいと送り出す。そういうなんでもないことをしたい。つぐみは朔太郎に身体を寄せた。

「明日の朝ごはん、なににしよう」

「ふたりで食べるなら、なんでもいいいな」

朔太郎は小さくほほえみ、ゆっくりと顔を寄せてくる。

舌を絡めないキスは安心感を連れてくる。まだ眠りたくないのに瞼《まぶた》が重くなる。

「おやすみ、つぐみさん」

——また明日。

それは、一日の終わりに交わすにはこれ以上ない約束のように響いた。

明日も、明後日も、ずっと交わし続けたい。

「……おやすみ、朔太郎さん」

――また明日。

眠気にぼんやりとした声で答え、ゆっくりとなだらかな眠りへと誘われた。

スイート・リトル・ライフ

午前中の仕事から一旦帰宅すると、朔太郎《さくたろう》はまず縁側に座り、今日交わした仕事の約束や客との大雑把《おおざっぱ》な会話の内容を大学ノートに書きつけていく。朔太郎にとっては欠かせない大事な習慣で、全てを記し終えてからぱたりとノートを閉じた。

「つぐみ、終わったからお昼にしようか」

部屋に向かって声をかけると、はーい、と返事がした。

朔太郎が記録をしているとき、つぐみはけして声をかけない。食事の時間やどこかに出かける約束をしていても、本を読んだり、家事をしたり、仕事をしたりして、のんびり待ってくれている。じっと待っていられると焦るので、そういう小さな優しさが助かる。

「天気いいし、今日は縁側で食べようか」

部屋の中からつぐみが言い、手伝うよと朔太郎は立ち上がった。

昼食は素麺《そうめん》だった。最近急に暑くなってきて、今年初めての素麺だ。麺とつゆが一緒になっていて、トマトとオクラとツナが乗っている。少し垂らされたラー油がうまい。

「おいしい。これ、好きな味だ」

そう言うと、うん、とつぐみがほほえむ。

「去年作ったときも、朔太郎さん気に入ってたから」

「そっか」

「うん、だからまた今年も作るよ。ツナの代わりに豚しゃぶでもいいね」

それもいいなあと、ふたりで話しながら素麵をすすった。

気に入ってたと言われても、朔太郎にはよくわからない。なんとなく覚えているような、いないような、ふんわりと曖昧《あいまい》な記憶しかない。以前ならひどく気になって、去年のノートを引っ張り出して確認していたはずだ。でも、もうそういうことはやめてしまった。

誰に迷惑をかけることもない、日常のささいな出来事であるかぎり、ゆったりと受け止めるようになった。多分、つぐみが自然に受け止めてくれるおかげだ。

——うん、だからまた今年も作るよ。

自分が忘れても、つぐみが覚えていてくれる。

最初は病気のことはなるべく見せないよう気を張っていたが、共に暮らすうち、甘えと共存の境目は色とりどりの糸で縫い継がれ、今ではふたり合わせて一枚のキルトのような関係に仕上がった。広げたときに美しいなら、無理に柄を合わせることもないと思える。

「やっぱり縁側作ってよかったね」

つぐみが目を細めて裏庭を眺める。

「ああ、この季節は特に緑がきれいだ」

夏の入口、日毎に勢いを増す菜園の隙間から、赤く色づきはじめたトマトが見える。

祖父から譲られたアパートの一階にふたりで暮らして、今年で七年目になる。二間続きの居間と寝室、それとつぐみの仕事部屋。この縁側を作ったのは去年の秋で、傷んでいた箇所の修繕をしたとき、ついでに工務店にお願いした。

この七年で、住人も入れ替わった。

つぐみと入れ替わりで引っ越していった貢藤《くどう》とは、小嶺《こみね》先生もまじえて今もたまに四人で会う仲だ。シングルファーザーだった加南《かなん》親子は無事再婚が決まって引っ越し、エリーも素敵な彼氏ができ、一緒に暮らすのだと三ヶ月前に引っ越した。でもエリーは同じ理由で三回出戻りを繰り返しているので、四度目に備えてしばらくは新しい住人を入れられない。

引きこもりの仁良《にら》は、増額するばかりの税金対策のために周囲からせっつかれるように二年前ゲーム会社を設立し、今では六本木《ろっぽんぎ》の高級マンションで——引きこもっている。瀬戸《せと》は昔と変わらず二階に住んでいるが、今はカナダの山を攻略中で帰りは今年の秋になる。

みんなそれぞれ、変わったような、変わらないような。

七年というのは、懐古するには微妙な年月だ。

すうっと柔らかな風が通って、頭の上でチリンと澄んだ音がした。

今朝、吊したばかりの風鈴が鳴っている。

夏支度がしまってある柳行李《やなぎごうり》からつぐみが出して、朔太郎が踏み台に乗って吊した。

黒と朱色の金魚が互いの尻尾を追うように泳いでいるガラス製の風鈴は、去年つぐみと行った神社の市で買った。これがほしいと珍しくねだるような言い方がかわいらしく、こんなものなら十個でも二十個でも買ってやりたいと思ったことを覚えている。

また初夏の風が吹いて、朔太郎の頬と風鈴をなでていく。透明に透き通った音色。部屋の方からつぐみが皿を洗う水音も聞こえてくる。心地よさに朔太郎は目を閉じた。

——ごめん。なんか、まだ夢見てるみたいで。

ふっとつぐみの恥ずかしそうな笑顔と声が頭をかすめた。

今よりも少し若い。これはいつの記憶だろう。覚えているかなと頭の中を追いかけ、ふたりで暮らしはじめた最初の夜のことだと思い出した。好きだからこそ、一緒にはいられなかった二年間。それを越えての夜、つぐみはそう言ったのだ。

あのとき、自分はなんと答えたのだっけ。よく覚えていない。

けれど今、朔太郎はあのときのつぐみと同じことを思う。

今の暮らしは幸せすぎて、まるで夢のようだ——。

事故の後遺症で健忘症の診断が下されてからというもの、朔太郎の生活は一変した。日々のことを書きつけるノートは増えていくばかりで、それを毎日読み直すことなどできず、結局、昔の出来事がまだ自分の頭の中に存在しているのかどうかはわからない。

医者からは薄型のタブレットを勧められた。かさばらないし、日付や言葉で簡単に検索できるからだ。けれどどんな精密機器よりも精密な人の脳。そこが壊れてしまった自分は、なんとなく機械や、データや、人そのものを信用できなくなってしまった。

人の場合、信用できないのは他人ではなく自分だった。

病気が発覚した当時は、本当に恐ろしかった。これから自分はどうなるんだろう。尻ポケットに空いた穴から小銭を落とすみたいに記憶を落としていくんだろうか。記憶なんて見えないので、誰も落としましたよと教えてくれないだろう。そうして全部落っことして、最後は自分が誰かもわからなくなるんだろうか。

想像した瞬間、全身の力が抜けて本当に膝が崩れた。病院の廊下で倒れ込んだ自分は処置室のベッドに寝かされ、忙《せわ》しなく立ち働く看護師を死んだ魚のような目で見ていた。

まだ生きているのに、殺されたような気持ちだった。

この先の人生は、絞首刑台へと歩く道筋のように思えた。

自分の足で、一歩ずつ恐ろしい場所へ向かっていかなくてはいけない。恐ろしすぎて、誰かが隣にいてくれたらいいのにと思い、その瞬間、涙がこぼれた。自分はもう、伴侶《はんりょ》と呼べる人を作る資格がないことに気づいたのだ。こんな暗くて怖い道を、愛する人に一緒に歩いてくれなんて頼めない。頼んではいけない。頼んでも、断られるだけだろう。

そんな中で、身内の存在は大きな救いだった。両親や祖父は自分よりも先に逝ってしまう人たちだけれど、今すぐではない。みんなが老いていく間、支えたり、支えられたり、同時に失う覚悟もしていける。病気を抱えたまま、ひとり残されたときの準備ができる。

——ひとりで、生きていく。

なんとか笑えるようになっても、心の真ん中にはいつもその覚悟があった。

つぐみに出会ったのは、そんなときだった。

つぐみの小説にはもっと以前に出会っていた。

心の病を抱えた主人公の話で、破滅に向かって走っていくのに、小説の中で主人公は否定されていなかった。病気の人も、健康な人も、善人も、悪人も、同じ器の中でただぷかぷか浮いているだけで、最後まで器から追いだされるようなことはなかった。

朔太郎は、あの話を読んで、許されたような気がしたのだ。ここにいてもいいよ、と言われた気がしたのだ。この人にいつか会いたい。会って、自分が救われたことを伝えたいと願っていた作家が、つぐみだった。今、つぐみは人生の伴侶として隣にいる。

——ごめん。なんか、まだ夢見てるみたいで。

頭の中で、また若いつぐみが恥ずかしそうにほほえむ。

——夢だったら、きっと、俺は泣いてしまうな。

朔太郎は菜園の緑に目を細めた。

午後の仕事が終わると、朔太郎はスーパーに寄って夕飯の材料を買う。

カゴをぶらさげてスーパーの棚の間を歩きながら、ご飯ノートをめくっていく。その日の出来事を綴《つづ》るノートとは違って、こちらにはつぐみの苦手なものや、おいしいと言ってくれたものが書いてある。昼は素麺だったし、夜はなににしよう。つぐみはあっさり派だ。

夕飯はたいがい朔太郎が作る。つぐみは午後から夕方にかけて筆がのるので、なんでも屋の仕事が遅くなるとき以外は自然とそうなった。最初つぐみは遠慮していたが、一旦ペンがのると没頭するタチなので、そのうち素直に任せてくれるようになった。そんな風に、一日、また一日と、ふたつの歯車はなめらかに軽やかに廻り続けている。

肉の棚で生姜《しょうが》焼き用のロースが安く売っていたので手に取った。つぐみは元々ほっそりとしていて、夏は暑さにやられてさらに痩《や》せるので、なるべく精をつけさせたい。

――朔太郎さんと同じものを食べるようになって、夏バテがマシになったよ。

そう言うつぐみは今年で四十二歳になる。笑うと目尻にかすかに皺《しわ》が寄って、元々優しかった笑顔がもっと優しくなった。たまに儚《はかな》げにすら見えて、そういう夜、食卓は肉で埋め尽くされる。こんなに食べられないよと呆れるつぐみに照れ笑いを返しながら、一日でも元気に長生きしてほしいと、祈るような思いで朔太郎は箸《はし》を使う。

夕飯のあとは、ふたりで夜を過ごす。居間のちゃぶ台で午後の出来事をノートに綴る朔太郎の向かいで、つぐみも原稿を書く。仕事の原稿は仕事部屋でパソコンで書くが、『朔太郎さんのこと』は手書きで書く。一緒に暮らす前から、一緒に暮らしてからも、つぐみは二、三日に一話ずつ小さな話を書き続け、それを一番に朔太郎に読ませてくれる。

今、書いている話はなんだろう。

オクラとツナとトマトの素麺のことだろうか。

考えていると、縁側で風鈴が鳴った。涼しげできれいな音色に耳を澄ます。

「日本の夏って感じでいいなあ。いつ吊したの？」

「今朝だよ」

そう言われて手元のノートを見ると、確かに風鈴のことが書いてあった。また忘れてしまったのかと落胆が胸に広がり、けれど朔太郎はごめんとは謝らなかった。向かいでは、つぐみも何事もなかったかのように万年筆を動かしている。

最近、症状がまた進んだように思う。記憶の消失に法則性はなく、古くても鮮やかに覚えていることもあるし、今みたいに今朝のことすら忘れてしまうこともある。

とても大事なものが失われ、忘れてもいいようなことを覚えていたり、なんとかなるさと笑っていようが、深く思い悩もうが、忘れるときは忘れてしまう。それはもうあっけないほど一瞬で。病気に関して、コントロールできることはなにひとつない。

そんな中で、自分にできることはひとつしかなかった。

今、隣にいてくれる人を悲しませないこと。失ったものを嘆かず、開き直りもせず、自分はこうなのだと受け入れるだけだ。それはとても難しい。駄目な自分など受け入れられない。ましてや、最初からこうだったわけでもない自分を。

けれど、つぐみは今の朔太郎を愛していると言う。日々、穴の空いたポケットからこぼれ落ちていく小銭を拾って、そっと自分の手ににぎりしめて歩いてくれる。覚えて、忘れて、同じことを何度も聞く自分に、何度も同じ返事をしてくれる。そのたび、愛しく思う気持ちが積もっていく。毎晩、丁寧に綴られる短編の原稿用紙の束のように。

「朔太郎さん、そろそろ、桃、剝《む》こうか」

つぐみが万年筆を置いて立ち上がった。

「うん。もう冷えてるだろう」

台所のシンクには氷水が張られたステンレスのボウルがあり、中には大きな桃が浮いている。今日、仕事で出向いた家でおすそわけにもらったのだ。岡山《おかやま》の親戚から届いた本場物だと言われた。細かなうぶ毛が氷水をはじいて光っている。

「桃は剝くときも楽しいんだよね」

つぐみは筋に沿って切れ目を入れ、アボカドのように桃をふたつに割った。種のない方はそのままカット。種のある方も縦に切れ目を入れていくと実だけが外れる。皮は最後に剝く。

「どうぞ」

ガラスの器に盛られた桃がちゃぶ台に置かれた。

「見事だな。俺、桃の剝き方だけは駄目なんだ」

「桃はやわいから。朔太郎さん、力入れすぎなんだよ」

話しながら爪楊枝で桃を刺し、はい、と一切れくれる。

甘い匂いに誘われたのか、小さな虫が飛んでくる。

「そろそろ蚊遣《かや》り出さないとな。柳行李に入ってたっけ」

「ううん。去年落として割れた。豚のやつ」

「適当に丸皿とかでいいだろう」

つぐみは珍しく「駄目」と主張した。

「豚がいいんだ」

「なんで?」

「昔、祖母の家でも使ってたから」

「へえ」

この話も、多分、何度も聞いたんだろう。

「じゃあ、今度の休みにでも買いに行こうか。あ、ついでにつぐみのサンダルも」

「いいよ。もう少し履ける」

「駄目だよ。サンダルは素足だから怪我しやすい」

「朔太郎さんは心配性だね」

「うっとうしい?」

「嬉《うれ》しい」

つぐみが笑って鼻をつまんでくる。ふわりと甘い香りがした。

「あ」

「ん？」

「桃の匂いがする」

「ああ、皮、剝いたから」

つぐみは自分の指を鼻に近づけた。ほっそりとして長い指。左手の薬指には細いプラチナの指輪がはまっている。もちろん朔太郎の左の薬指にも同じものがはまっている。

空気には淡い桃の香りが混じって、縁側では風鈴が鳴っている。

なんでもないお喋《しゃべ》りで過ぎていく時間が、泣きたいくらいに幸せだ。

――じゃあ、もっと幸せにしてあげようか。

神さまがそう言い、たとえば事故の前に戻してやろうと言ってくれても断る。

あの事故に遭った末につぐみと出会えたのだから、事故と引き替えにつぐみを失うのなら今のままがいい。ああ、でも、できるならひとつだけお願いがある。

神さま、どうか一日でも長くつぐみと過ごせますように。

記憶を失くすことよりも、今はつぐみを失くすことの方が悲しいです。

縁側に座って風鈴の音を聞いていると、ご飯ですと居間からつぐみに呼ばれた。

今日の昼は素麺だった。蒸し暑い日が続いていて、冷えた麺がつるつると喉《のど》を滑っていくのが心地いい。氷の張られた水に浮かぶ真っ白の麺。つゆには生姜と葱《ねぎ》。毎年うちの素麺にはなにか色々載っていたような気がするけれど……気のせいか。

「おいしい？」

向かいから問われ、ほほえんでうなずいた。

「なにか食べたいものがあれば言ってくださいね」

「つぐみが作ってくれるものはなんでもおいしいよ」

そう言うと、つぐみはふっと目を細めた。なんだか悲しそうに見えて、どうしたのと問おうとしたら縁側でまた風鈴が鳴った。ああ、いい音……とつぐみが耳を澄ます。

吹きこんできた風がつぐみの髪を揺らす。最近つぐみは髪を伸ばしていて、今は後ろでひとつにくくっている。水玉の布地が丸まったようなゴムがかわいいと言うと、これはシュシュと言うのだと教えてくれた。若い女の子のようだと言うと、小さく笑っていた。

午後は暑いのでゆっくり過ごす。最近、暑さがひどくこたえるようになった。よしずで日差しのさえぎられた縁側にカウチを出して、のんびりと自然の風を受けていると、

「お水どうぞ」

つぐみがグラスの載った盆を持ってきた。

「喉は渇いてないよ」

「そういう油断で熱中症になるんです。水はこまめに飲まないと」

取りやすい位置にあるサイドテーブルに、冷えて水滴のついたグラスが置かれる。グラスの中には無数の気泡が浮いている。朔太郎の視線に気づいて、つぐみは大丈夫と笑った。

「砂糖の入ってないソーダ水です。糖分はお医者さんから制限されているから」

「ありがとう。手間をかけさせて悪いね」

優しくほほえんで、つぐみは居間へ戻って行った。

実際のところ、喉が渇いていないのに水を飲むのは億劫《おっくう》なのだけれどしかたない。やれやれと身体を起こしてグラスを手にし、ソーダ水に緑の葉が浮いているのに気づいた。鼻を近づけると、爽《さわ》やかなミントの香りが鼻孔をくすぐった。夏らしい香りだけれど。

――つぐみはミントが苦手で、あまり使わなかったような……。

いつかの昔、大事な場面でそんなことを聞いた覚えがある。けれどわからない。

日々の出来事を記したノートも、つぐみの好き嫌いを記したご飯ノートも、いつからかつけなくなった。どうしてつけなくなったんだろう。それすら忘れてしまった。

小銭を落とすように、記憶を落としていく。

そんな病気とも長くつきあってきて、うまくつきあいすぎたのか、最近は、自分を取り巻く世界の全てが、幸も不幸もまぜこぜになってふんわりと霞《かす》んでいる。もの忘れだけでなく、勘違いも多くなって、けれど昔のような焦りや切なさはない。出来事や時間が目の前をぼんやりと流れていく。それを美しいとすら思ってしまう。昔、忘れることは悲しみでしかなかったけれど、最近はそうでもない気がする。

忘れる、ということはある意味、救いのひとつでもある。

なぜかはわからないが、ふとそんなことを思いながら朔太郎はミントソーダを飲んだ。うつらうつら午後を過ごしていると、声をかけられて目が覚めた。

「荒野さん、三時です」

「……三時？」

意味がわからなくて、朔太郎は寝起きの首をかしげた。

わからなくていいんですとでも言うように、つぐみはほほえんで朔太郎の手を取った。朔太郎がカウチから立ち上がると、居間と寝室を抜け、その隣にある部屋へとつぐみは朔太郎の手を引いていく。そこはつぐみの仕事部屋で、朔太郎は普段あまり入らないのだけれど——。

「じゃあ、つぐみさんとゆっくりお話してくださいね」

若い女の子はそう言い、朔太郎の手を離して部屋を出て行った。

ひとり残されて、朔太郎はしばらくその場で茫然《ぼうぜん》と立ち尽くした。静かな部屋には仏壇が置かれてあって、見上げる鴨居《かもい》にはつぐみの遺影が飾ってある。

──ああ……。

心の中に静かな波が打ち寄せてくる。

──ああ、そうだった。君はもういなかったんだ。

つぐみは二年前に逝ってしまった。八十六歳だった。

──朔太郎さん、俺より長生きしてくれてありがとう。

──約束を守ってくれてありがとう。

──すごく、すごく、幸せでした。

それがつぐみの最期の言葉で、若いころに交わした約束を思い出した。

──絶対につぐみさんより長生きする。つぐみさんを残して逝かない。ひとりにしない。

あれからもう何年経ったのだろう。すぐには計算できないほど、たくさんの時間が流れてしまったけれど、頼りにならない頭の中に残っているのは幸せな記憶ばかりで、あの夜、交わした約束をつぐみも果たしてくれたのだと思い知る。

──俺も、朔太郎さんを幸せにするよ。

穏やかに打ち寄せる記憶を受け止めながら、朔太郎は座布団の上にゆっくりと座った。しばらくぼんやりと遺影を見上げてから、線香を上げた。

「また、今日も忘れてしまっていたよ。悪かったね」

声に出して語りかけた。

「でも、思い出したから」

自分は毎日つぐみが逝ってしまったことを忘れて、通ってきてくれる若い女性のヘルパーをつぐみだと勘違いする。そして三時には、自分が頼んだとおりヘルパーに仏間まで案内されて現実を認識する。毎日、毎日、忘れて、毎日、毎日、思い出す。少しも薄れない喪失感にさらわれそうになる前に、朔太郎は仏壇に捧げられた本を手に取った。

タイトルは『朔太郎さんのこと』。

これは朔太郎のためだけに書いているものだからと拒むつぐみを担当編集者が三年もかけて口説き落とし、一冊目が世に出たのはもうずいぶん昔のことだ。日々のささやかなことばかりが綴られた『朔太郎さんのこと』は編集部や本人の予想に反してじわじわと売れ、シリーズとして十一巻まで続く密《ひそ》かなヒット作になった。

年々増え続ける仕事をこなしながら、つぐみ自身が変わることはなく、意識のなくなる前の日までコツコツ書き続け、一番に朔太郎に読ませてくれた。日々の中で忘れていくことを、つぐみの小説が思い出させてくれる。つぐみの優しい目線でつながれていく物語は、転びそうになる朔太郎をお守りのように、杖《つえ》のように支え続けてくれた。

「……つぐみ」

声に出して名前を呼び、『朔太郎さんのこと』の表紙をゆっくりなでた。皺だらけの自分の手を見て小さくほほえんだ。涙は出ない。悲しみよりも懐かしさの方がもう深い。

それでも、毎日、陳腐なことを考えてしまう。

忘れてしまうなら、もう忘れたまま、記憶など戻らなければいいのに。

それでも戻るなら、つぐみが生きていたころまで時が戻ればいいのに。

そんな奇跡が起きないなら、せめて、全部嘘ならいいのに。

自分の隣にもうつぐみがいないことを、誰かが、神さまが、嘘だと言ってくれれば。

目に映る自分の両の腕は細く枯れて、なのに心だけは年を取れずにいる。

つぐみに、そばにいてほしい。

毎日、毎日、午後三時に繰り返される。

愛しさと懐かしさが、途方もない深さで混ざり合っていく。


ヘルパーの女性に声をかけ、夕方、涼しくなってから朔太郎は散歩に出かける。

毎日同じコースで、少し後ろをヘルパーの女性が見守りに歩いている。一人歩きは少し前から止められていて、けれど考えごとをしながら外を歩きたいときもある。

この年になり、自分でなにかをしたいと思うことは、誰かの手を煩わせることなのだと気づいてから、朔太郎はあまりあれがしたい、これがしたいと言わなくなった。そういうものだと納得する日もあれば、耐えがたいほど拘束されていると感じる日もある。まちまちだ。

今日はスーパーに立ち寄った。

鞄《かばん》から古びたご飯ノートを取り出して、トマトやオクラなどの夏野菜を眺めて歩いた。ノートには、夏になると毎年つぐみがよく作ってくれた素麺のことが書いてある。ヘルパーは食べたいものを言ってくださいねと言ってくれるが、一度お願いしたら味が違ったのでそれ以来頼まなくなったのだ。作ってもらう身で贅沢《ぜいたく》な話だけれど。

――つぐみ、あの出汁《だし》はどうやって作っていたんだい。

つぐみが隣にいたころは、わざわざ聞かなかった。つぐみが作るあの素麺は、あの味で、あの具で、それ以外のなにものでもなく、ただそこに在るものだった。失うことの簡単さは知りつくしていると思っていた自分なのに、迂闊《うかつ》だった。

つぐみとの記憶を毛糸のように巻き取りながら、色々な出汁を試してみたいけれど、火を使う台所仕事は危ないのでしてはいけないと言われている。なにからなにまで不自由なことだなあと残念に思いながら、仏壇に供えるために岡山《おかやま》産と書かれた桃をふたつ買った。

スーパーを出て、家までの道をゆっくり歩く。

あたたかいアスファルト。後ろから見守りの女性が駆け寄ってきた。昼間の熱を吸いこんで仄《ほの》かに

思わず追いかけようとして、足がもつれて地面に手をついた。

三十半ばくらいか、出会ったころのつぐみの後ろ姿だ。

暮れゆく夏の空気の中、つぐみに似た薄い背中を見た気がした。

途中、呼ばれたような気がして振り向いた。

——朔太郎さん。

「荒野さん、大丈夫ですか」

「……ああ、すみません、大丈夫です」

答えながら、目は一心につぐみの背中を捜している。けれどついさっき見たと思ったつぐみの背中はもうどこにもなくて、朔太郎は自分が迷子になったような気がした。

「手をつなぎましょうか。一緒に帰りましょう」

「いやいや、大丈夫、ありがとうございます」

桃の入ったビニール袋を持ち、朔太郎は恥ずかしい思いで若い女性に頭を下げた。

素早い動きができなくなった足で立ち上がり、また家路を辿《たど》る。

夏の夕暮れ、通りすぎる家の庭にノウゼンカズラが咲いていた。美しい淡いオレンジ。

——きれいだね。

ふたりで歩きながら、つぐみはいつも目を細めていた。もう人に貸すこともなく、自分だけ

が暮らすアパートの庭にも花が咲く。手入れができなくなった菜園の代わりに、マーガレットやコスモスを植えた。冬には表庭に白い山茶花《さざんか》が花びらをはらりと落とす。

——ほら、花びらが散ったろう。

——あれが椿と山茶花の一番わかりやすい見分け方かな。

色々なことを忘れてしまうので、『朔太郎さんのこと』を読み直すたび、毎日新しい発見がある。忘れて、思い出して、また忘れて、いつまで続くんだろうとたまに思う。

濃い桃色と青色が混じった黄昏《たそがれ》の空気に、朔太郎は手を伸ばした。

——こうしてると、指先がとける瞬間がある。

つぐみの声が聞こえる。あのとき、自分たちはとても若かった。

夕方の町を、片腕を前に差し出して歩く老人を、すれ違う人たちが振り返る。あのお爺《じい》ちゃんなにしてるのと子供の声が聞こえる。母親がなんと答えたのかは聞こえなかった。

全部、全部、遠くへ過ぎ去っていく中で、ふっと指先が青色にとろけた。

——ああ、つぐみ。

いつもこの瞬間、つぐみが自分の指先を取ったように感じる。淡い薔薇《ばら》色と青色が混ざった空気になったつぐみが、自分を指先からとろかせてそのまま連れて行ってくれるような気がする。錯覚は一瞬で、すぐに指先は朔太郎の身体とつながって地面に縫い止められる。

——今日も、駄目だったか。

ゲームに負けた子供みたいに、朔太郎はわずかに落胆し、また顔を上げて歩き出す。

また明日。また明日ためしてみよう。

多分、自分の全てが空気にとけるのに、もうそれほどはかからないだろう。それまでは、つぐみが遺してくれた『朔太郎さんのこと』と共に毎日を歩いて行こう。

そう思ったことを、明日にはまた忘れているんだろう。

そしてまた思い出すんだろう。

毎日、毎日、愛しさと懐かしさを積み上げていく。

いつかまた、そう遠くない日、ここではないどこかでつぐみと逢えるまで。

あとがき

こんにちは凪良《なぎら》ゆうです。

このたびは拙作をお手に取ってくださってありがとうございます。

今回はプロットの前段階から「次はほのぼのラブにします」と言って担当さんを安心させていたのに、いざプロットを上げてみると全然ほのぼのしてなかったというお話です（笑）。

本編その後の朔太郎《さくたろう》視点のSSは、つぐみと朔太郎が桃を剝いて食べるところでエンドにした方がBL的にはいいのでは……と担当さんからアドバイスもいただいたのですが、そこは悩みつつも我儘を通してしまいました。

恐らく読者さんの意見もわかれると思いますが、私は最後のSSを書きたくてこの話を書きました。朔太郎が抱えているものを含めて、愛する人へ一生かけて愛を証し続けたふたりの物語にふさわしい、幸せな締めくくりだったと思っています。

今回に限らず、いつも読者さんの好き嫌いがハッキリわかれる部分が私の書きたい部分のような気がします。書き手が力を入れている分、意見がわかれるのは当然で、毎回そのあたりでグルグルしますが、なにも引っかからずに流れてしまうよりはいいかと、最近ようやく少し思えるようになりました。もちろん、書き手と一緒に物語の世界を共有していただければ、それが一番嬉しいです（笑）。

挿絵は小山田《おやまだ》あみ先生に描いていただきました。小山田先生と組ませていただくのは二度目です。以前も見るほどにイメージがふくらむ素晴らしいイラストをいただきました。ちょうど昨日、カバーイラストを見せていただいたのですが、見た瞬間、「うおっ」と声が漏れてしまったほどの素晴らしさで、モニターを前にしばらく見とれてしまいました。こんなに美しい表紙の本を出せるなんて書き手として本当に幸せです。小山田先生、お忙しい中、挿絵を引き受けてくださってありがとうございました。

そして読者のみなさまへ。受け入れてもらえるのか不安もありつつ、書き切れた喜びも深いお話となりました。どこか一ヶ所でも共有できる部分があることを願っています。

感想などあれば、ぜひお聞かせください。

それでは、また次の本でもお目にかかれますように。

二〇一三年　十二月　凪良ゆう

この本を読んでのご意見、ご感想を編集部までお寄せください。

《あて先》〒141‐8202　東京都品川区上大崎3‐1‐1　徳間書店　キャラ編集部気付
「おやすみなさい、また明日」係

【読者アンケートフォーム】
QRコードより作品の感想・アンケートをお送り頂けます。
Chara公式サイト http://www.chara-info.net/

■初出一覧
おやすみなさい、また明日……書き下ろし
スイート・リトル・ライフ……書き下ろし

おやすみなさい、また明日

【キャラ文庫】

2014年1月31日 初刷
2020年4月10日 5刷

著者 凪良ゆう

発行者 松下俊也
発行所 株式会社徳間書店
〒141-8202 東京都品川区上大崎3-1-1
電話048-451-5960(販売部)
03-5403-4348(編集部)
振替00140-0-44392

印刷・製本
カバー・口絵 株式会社廣済堂
デザイン 百足屋ユウコ(ムシカゴグラフィクス)

ISBN978-4-19-900739-2

好評発売中

凪良ゆうの本

【恋愛前夜】

イラスト◆穂波ゆきね

お隣同士で家族同然の幼なじみ——漫画家を夢みるトキオを応援していたナツメ。飄々として無口だけど、ナツメにだけは心を許すトキオ。お互いがいれば、それで世界は十分だった——。けれど突然、トキオがプロを目指して上京を決意!! 上京前夜「一回きりでいい」と懇願されて、ついに体を重ねて…!? 時を経て再会した二人が幼い恋を成就させ、愛に昇華するまでを綴る煌めく青春の日々!!

投稿小説★大募集

『楽しい』『感動的な』『心に残る』『新しい』小説——

みなさんが本当に読みたいと思っているのは、どんな物語ですか？　みずみずしい感覚の小説をお待ちしています！

•応募きまり•

[応募資格]

商業誌に未発表のオリジナル作品であれば、制限はありません。他社でデビューしている方でもOKです。

[枚数／書式]

20字×20行で50〜300枚程度。手書きは不可です。原稿は全て縦書きにして下さい。また、800字前後の粗筋紹介をつけて下さい。

[注意]

①原稿はクリップなどで右上を綴じ、各ページに通し番号を入れて下さい。また、次の事柄を１枚目に明記して下さい。
（作品タイトル、総枚数、投稿日、ペンネーム、本名、住所、電話番号、職業・学校名、年齢、投稿・受賞歴）
②原稿は返却しませんので、必要な方はコピーをとって下さい。
③締め切りは特別に定めません。採用の方にのみ、原稿到着から３ヶ月以内に編集部から連絡させていただきます。また、有望な方には編集部からの講評をお送りします。
④選考についての電話でのお問い合わせは受け付けできませんので、ご遠慮下さい。
⑤ご記入いただいた個人情報は、当企画の目的以外での利用はいたしません。

[あて先]　〒105-8055 東京都港区芝大門2-2-1
徳間書店 Chara編集部 投稿小説係

投稿イラスト★大募集

キャラ文庫を読んで、イメージが浮かんだシーンをイラストにしてお送り下さい。キャラ文庫、『Chara』『Chara Selection』『小説Chara』などで活躍してみませんか？

•応募きまり•

[応募資格]

応募資格はいっさい問いません。マンガ家＆イラストレーターとしてデビューしている方でもOKです。

[枚数／内容]

①イラストの対象となる小説は『キャラ文庫』か『Chara、Chara Selection、小説Charaにこれまで掲載された小説』に限ります。
②カラーイラスト1点、モノクロイラスト3点の合計4点。カラーは作品全体のイメージを。モノクロは背景やキャラクターの動きの分かるシーンを選ぶこと（裏にそのシーンのページ数を明記）。
③用紙サイズはA4以内。使用画材は自由。

[注意]

①カラーイラストの裏に、次の内容を明記して下さい。
（小説タイトル、投稿日、ペンネーム、本名、住所、電話番号、職業・学校名、年齢、投稿・受賞歴、返却の要・不要）
②原稿返却希望の方は、切手を貼った返却用封筒を同封して下さい。封筒のない原稿は編集部で処分します。返却は応募から1ヶ月前後。
③締め切りは特別に定めません。採用の方にのみ、編集部から連絡させていただきます。また、有望な方には編集部から講評をお送りします。選考結果の電話でのお問い合わせはご遠慮下さい。
④ご記入いただいた個人情報は、当企画の目的以外での利用はいたしません。

[あて先]

〒105-8055 東京都港区芝大門2-2-1
徳間書店 Chara編集部 投稿イラスト係